人《ひと》影《かげ》花《ばな》

今邑　彩

中央公論新社

目次

私に似た人　7
神の目　41
疵《きず》　81
人影花《ひとかげばな》　129
ペシミスト　165
もういいかい……　171
鳥の巣　181
返して下さい　237
いつまで　285
編者解説　日下三蔵　318

人影花
ひとかげばな

私に似た人

ようやく咳《せき》の止まった舅《しゅうと》の身体に布団を掛け直していたとき、茶の間の電話がジリリと鳴った。

思わず棚の置き時計を見た。夜の十時を過ぎている。

こんな時間に電話がかかってくることはめったになかった。いや、こんな時間でなくても、この家に電話がかかってくることなど、ここ数年、めったになかった。

誰だろう。

私は不審に思いながらも、つと立ち上がると、八畳間を出て、茶の間に行った。

旧式の黒電話は金属的な音で鳴り響いている。私はすぐに受話器を取らず、しばらくその前で立ち尽くしていた。

この電話、こんな音で鳴るんだわ。

あまり長いこと、電話の音を聞いていなかったので、その音に聞き惚《ほ》れていたのだ。しかし、はっと我にかえると、受話器を取って耳にあてた。

「もしもし――」

「ハラグチさんのおたくですか」

私の声を遮るように若い男の声が耳に飛び込んできた。

ハラグチ？

なんだ、間違い電話か。ほっとしたような、がっかりしたような気分で、身体からどっと力が抜けた。

どうせこんなことだろうと思った。私は苦笑を漏らした。

いいえ。うちは佐々木です。ハラグチではありません。

そう答えるつもりだった。それなのに、自分でも驚いたことに、次の瞬間、私の口から出た言葉は、「はい、そうですが」というものだった。

なぜ、こんなことを言ったのだろう。自分でもよく分からない。人恋しかったのかもしれない。見知らぬ若い男の声は感じがよかった。間違い電話にしばらく付き合ってやれという気になったのだ。

少し沈黙があったあと、

「あの、ミツコさん、おられますか」

おどおどしたような青年の声が聞こえた。

「ミツコですか」

私は思案しながら聞き返した。声の主は二十代のように思えた。ミツコというのは、恋人かガールフレンドだろうか。ということは、同じ年頃だろう。私の娘くらいの年齢だ。

咄嗟《とっさ》の判断で母親の振りをすることにした。

「娘ならまだ帰ってませんが」

笑いを噛《か》み殺しながらそう答えた。

「まだ帰ってない？」

青年はオウム返しにつぶやいた。不審に思っているような声だった。かけ違いだという
ことに気付いたのだろうか。

「あの、それで、何時頃お帰りに――」

「失礼ですが、あなたは？」

私は少し高飛車に出た。こんな時間に年頃の娘に電話がかかってきたら、母親なら誰で
もこう言うだろうと思いながら。

「あ――おれ、いや、ぼくキヨタと言います」

「キヨタさんね」

「あの、それで、ミツコさんは――」

「娘が帰りましたら、こちらからかけ直すように伝えますから。お電話番号は？」

私は調子に乗って、そんなことまで言っていた。なんだか、本当に、ハラグチミツコと
いう女性の母親になったような錯覚すら感じていた。

「いや、ぼくの方でまたかけ直します。どうも夜分失礼いたしました」

最後まで気弱そうな声で青年はそう言うと、電話はコトンと切れた。気を遣って、そうっと受話器を置いた、とでもいうような切れ方だった。

どうやら、あのキヨタという青年は、間違い電話をかけたことに気がつかなかったらしい。

おそらく、ハラグチミツコの家にはじめて電話をかけたのではないだろうか。前にもかけていたら、私がミツコの母親などではないことにすぐに気付いたはずだ。

ということは、ハラグチミツコという女性とはそれほど親しい間がらではないということか。でも、あの緊張しきった、おどおどした声からすると、あの青年は、きっとハラグチミツコに恋をしているのだろう。学生か勤め人か知らないが、密《ひそか》に恋していた女性の家に、勇気を振り絞って電話をしてきたに違いない。だから、緊張のあまり、番号をかけ違えたのだろう。

あとでかけ直すと言っていたが、そのときになって、最初の電話は間違いだったことに気付くはずだ。

そうと分かったときの青年の狼狽《ろうばい》ぶりを思うと、気の毒やら滑稽《こっけい》やらで、なんだかおかしくなった。

私は声をあげて笑った。ひとしきり笑って、涙を拭《ふ》いた。笑っているうちに涙が出てきたのだ。声をあげて笑うなんて何年振りだろう。妙にさっぱりした気分になると、一風呂《ひとふろ》浴びたいと思った。

ここ数日、舅の具合が悪く、ずっとつきっきりで看病していたので、風呂に入る暇もなかった。髪が臭《にお》うような気がした。風呂に入ってさっぱりしよう。そう思い立ったのである。

風呂場へ行くと、檜《ひのき》の風呂桶《おけ》の蓋《ふた》を取った。むっと湯垢《ゆあか》の匂《にお》いがした。濁ったぬるま湯が溜《た》まっていた。この前、風呂を使って、そのままになっていたことを忘れていた。私は腕をぬるま湯に突っ込んで、風呂の栓を抜いた。ゴボゴボという音。古い湯を出し切ってしまうと、洗剤を付けたスポンジでごしごしと風呂桶を洗いはじめた。

二十分くらいした頃だろうか。スポンジを動かす手を止めた。耳をすます。電話だ。茶の間の電話がまた鳴っている。

さっきの青年？

私は袖《そで》をまくりあげた腕で額の汗を拭《ぬぐ》いながら、ふと思った。

まさか。またかけてくるわけがない。二度もかけ違いをするわけがない。

電話はしつこく鳴り続けていた。私はスポンジを放り出すと、風呂場を出た。茶の間に戻って、濡《ぬ》れた手のまま、受話器を取った。

「もしもし」

「あの、キヨタですが、ミツコさん、おられますか」

さっきの青年の声だった。

私は唖然《あぜん》とした。まだ間違い電話だということに気付いていないようだ。もしかすると、かけ間違いではなく、教えられた電話番号そのものが間違っていたのではないかと思った。だとすると、ミツコが帰ってくるまで、この青年はここへ電話をかけ続けてくるかもしれない。

そう思いあたり、ほんの悪戯《いたずら》心であんな嘘《うそ》をついたことを後悔した。青年に本当のことを教えてやろうか。あなた、間違ったところにかけているのよ。そう言えばいい。でも

―――


私はためらった。ためらった末、今度も頭の中で考えた返事とは裏腹のことを口に出していた。

「いいえ、まだ戻りませんが。そういえば、今日はお友達の所に寄ってくるので、帰りが遅くなると言ってましたから」

口にしてからしまったと思ったが、同時に、こう言えば、常識のある青年ならもうかけてこないだろうとも思った。

「お友達って、女性ですか」

青年はしばらく黙っていたが、思い切ったようにたずねた。

「さあ。そうだと思いますけど」

私はまた笑いがこみあげてきそうになるのをこらえながら言った。やはり、この青年はミツコに恋しているのだ。それで、ミツコがどこに寄ってくるのか気になってしょうがないらしい。

「そうですか。わかりました。どうも夜分失礼いたしました」

がっかりしたような声で、最初の電話同様、丁寧にそう言って電話は切れた。

私は苦笑しながら、受話器を置いた。茶の間を出て、風呂場に行った。洗い終えた風呂桶に栓をして、水を入れる。水がようやく半分くらいたまった頃だった。また電話が鳴った。

私は自分の耳を疑った。

まさかと思ったが、急ぎ足で茶の間にやってきた。受話器を取る。耳にあてるや否や、

「キヨタですが、ミツコさん、おられますか」

あの青年の声だった。

なんとなくぞっとした。二度めの電話から二十分もたっていなかった。この青年は、もしかしたら、電話の前から離れないのかもしれない。じっと電話の前に腰をすえて、ミツコが出るのを今か今かと待っているのかもしれない。

そう考えると、ああこんなことするんじゃなかったと心のそこから後悔した。しかし、いったんついてしまった小さな嘘の雪玉は坂道を転がりはじめていた。

「あのね——」

私は乾いた唇をなめて言った。

「ついさっき、ミツコから電話がありましてね、お友達の所に泊まるそうです。ですから、今日は帰らないと思いますよ」

当座しのぎと分かっていながら、そう言ってしまった。青年は沈黙していた。重苦しい沈黙だった。

「そうですか。分かりました。どうも夜分失礼いたしました」

溜息《ためいき》のような声で青年は同じセリフを言うと、コトンと電話を切った。やれやれと私は肩の力を抜いた。今度こそ、もうかけてこないだろうと思いながら、受話器を置いた。

風呂の水が出しっぱなしになっていることを思い出して、また急ぎ足で風呂場に戻って来た。風呂の水はあふれんばかりになっていた。私は慌てて水を止めた。そのときだった。

電話が鳴った。

私はじっとしていた。あの青年？　そんなことがあるはずがない。ミツコは今日は帰らないとハッキリ言ってやったのだから。またかけてくるわけがない。でも——。厭《いや》な予感がしていた。

いっそ無視しようかとも思った。電話に出なければいい。そのうち切れるだろう。しかし、もしかしたら、違う人からかもしれない。いくら何でも、あの青年がまたかけてくるとは思えなかった。

　電話は鳴り続けていた。出るまで鳴り止《や》む気配はなかった。私はしかたなく、茶の間に戻ると受話器を取った。

「もしもし……？」

「キヨタですが、ミツコさん、おられますか」

　青年の声だった。私は思わず目をつぶった。この青年、ふつうじゃない。ようやくそのことに気が付いたのだ。

「ミツコなら今日は帰らないとさきほど申し上げたはずですが」

　少しきつい声で言ってやった。

「それはうかがいました」

　青年は相変わらず礼儀正しい声で言う。

「それなら、何度かけてきても――」

「ミツコさんが出るまで、ぼくは何度でもかけ続けますよ」

「そ、そんな。あなた、私の言ったことが分かってらっしゃらないみたいね。ミツコは出掛けてるんですよ。今日は帰らないんです。お分かりですか」

「分かっていますよ。お母さんが、ミツコにそう言えと言われて嘘をついていることは。最初から分かってたんですよ」

青年の声に含み笑いが重なった。

「な、なんですって」

「おれから電話がかかってきたら、そう言えって言われてるんだろう。見えすいた嘘つきやがって。ミツコがそこにいることはお見通しなんだ。早く出せよ」

青年の口調ががらりと変わった。

＊

私は受話器を握り締めたまま呆然《ぼうぜん》としていた。別人のような声だった。まるでやくざみたいな口調だ。今までの気弱そうな声や話し方は芝居だったのだろうか。

これがこの青年の本性か。私は唇を嚙みしめた。気弱そうな声をしていたから、つい、あんな悪戯を思い付いたのに――

「おい。聞こえているのかよ。ミツコを出せって言ってるんだよ」

青年の声が鞭《むち》のように私の耳を打った。

「だ、だから、何度も言ったでしょう。ミツコはここにはいないんですよ」

私は生唾《なまつば》を飲み込むと、悲鳴のような声をあげた。

「いいかげんにしろよ。ミツコがそこにいることは分かってるんだよ」

心臓が鳴りはじめていた。このキヨタという男とハラグチミツコはどういう関係なんだろう。最初に考えたような清純な間がらではなさそうだった。

「あ、あなた、一体、ミツコとはどういう関係なんですか」

私は跳ね上がりそうになる声を押えながら言った。

「どういう関係？」

キヨタの声が裏がえった。

「今更ねぼけたこと言うんじゃねえよ。おれのことはミツコから聞いてるんだろ。だから、あいつをかくまってるんだろうが」

「な、何も聞いていませんよっ」

「どうでもいいからミツコを出せよ。おれはあまり気の長い方じゃないんだ」

「そ、そんなこと言ったって、いないものは出せ――」

「もう一度だけ言うぞ。ミツコを電話口に出すんだ。スンナリ出せば、こっちだって手荒な真似《まね》はしねえよ。話し合いってやつで片をつけようじゃないか」

手荒な真似？　片をつける？

もしかすると、この男は本物のやくざかもしれない。ハラグチミツコはこの男から何らかの理由で逃げ出したに違いない。

どうしよう。私はおろおろしかけたが、すぐにそんなに恐れる必要はないことに気付いた。この男は間違い電話をかけていることを知らないのだ。ひょっとすると、ここの電話番号はミツコから聞いたものかもしれない。とすれば、ミツコがわざとでたらめの番号を教えたとも考えられるではないか。その番号がたまたまうちの番号と同じだった。そう考えれば、つじつまが合う。キヨタにそのことを教えてやるのだ。

「あなた、うちの電話番号、どこで調べたの」

私はなるべく冷静な口調を装って言った。

「どこでって――」

男の声がややひるんだ。

「ミツコから聞いたんだよ。決まってるだろうが」

やっぱり。思った通りだ。ミツコは間違った電話番号を教えていたのだ。

「あのね、よく聞いて」

私は気を鎮めるように深く息を吸ってから言った。

「あなたはハラグチミツコから間違った電話番号を教えられたのよ」

すぐに返事はなかった。しかし、息遣いは聞こえてくる。

「どういう意味だよ」

しばらくして、圧《お》し殺したような男の声が返ってきた。

「うちはハラグチじゃないのよ。あなたは全然関係ないうちに電話してるのよ。だから、ハラグチミツコという女性がここにいるわけがないの。わかった？」

「あんた、何言ってるんだよ」

「だから、間違い電話なのよ」

「見えすいた嘘つくな」

「嘘じゃないわ。本当よ。うちは佐々木よ。ハラグチじゃないわ」

「それなら、なぜ最初にそう言わなかったんだ？」

「わ、分からない。でも、久し振りに人の声を聞いて、そ、それで、間違い電話でも何でもいいから、もっと話していたいような気分になったの。それで、あんなことをつい――」

突然、爆発したような笑い声が電話の向うから聞こえてきた。

「嘘をつくなら、もっとましなのを考えろよ。そんなヨタ話、おれが信じると思ってるのか」

「う、嘘じゃないわ」

「茶番はこのくらいにしようや。ミツコを出してくれよ」

「何度言ったら分かるのっ。ハラグチミツコなんて女はここにはいないのよ。いくら出せと言われても、いないものは出せないのよ。わかった？　もう切るわよ――」

私は受話器を耳から離そうとした。

「ちょっと待てよ」

キヨタの妙に静かな声が私の手を止めさせた。

「な、何よ」

「どこからかけてると思う？」

キヨタは囁《ささや》くような低い声でそう言った。

「え」

「この電話だよ。どこからかけてると思う？」

「どこからって」

背筋がふいに寒くなった。そうだ。そういえば、この男、どこから電話をかけてきたのだろう。自宅からだと思いこんでいたが、違うのだろうか。

まさか？

「けっこう近くにいるんだぜ」

低い笑い声が響いた。

「ち、近くって？」

喉《のど》がカラカラになっていた。

「公衆電話からかけてるんだよ。電話番号からおたくの住所を調べたんだ」

心臓が口から飛び出しそうになった。公衆電話？　うちのすぐそば？　そんな馬鹿な。

私の脳裏に、公園脇《わき》の公衆電話が電光のようによぎった。まさか、あそこから？

「う、嘘だわ」

　私は声を振り絞るように言った。

「嘘？」

「そうよ。はったりだわ。すぐ近くにいるなんて。だったら、電話かけずにたずねてくるはずじゃないの」

「嘘だと思うなら、これから証拠を見せてやるよ」

「証拠？」

「十分以内にあんたのうちの呼び鈴を鳴らしてやるよ」

「で、できるもんですか、そんなこと」

「強がりはやめて、早くミツコを出せよ。おれはミツコと話したいだけなんだ」

「何度も言ってるでしょ。まだ分からないの。ここにはミツコなんて女はいないって」

「まだ言い張るつもりか。それなら仕方がないな。おれだって、こんなことはしたくはないんだけどね。でも、ここまで来て、スゴスゴ手ぶらで戻るわけにはいかないんだよ。それじゃ、これから行くからな。ミツコを逃がそうなんて気を起こすなよ。もし、ミツコがいなかったら、そのときはどうなるか分かってるだろうな。覚悟しておけよ」

「け、警察を呼ぶわよっ――」

　最後の言葉は切れた電話に向かって叫んでいた。

私は呆然としたまま、受話器を元に戻した。思わず時計を見た。十分。十分以内にここに来ると言った。本当だろうか。私を怖がらせるためのはったりではないだろうか。でも、もし、あの男がかけていたのが、本当に公園脇の公衆電話なら、たしかに十分もあれば、ここにたどりつくことができる。

なんてことに――

私は髪を掻《か》き毟《むし》った。間違い電話に付き合うなんて。つい魔がさしたのだ。あんなことさえしなければ。

この古い家には、八十を過ぎた舅と私しかいない。近所といっても離れているし、夫や姑《しゅうとめ》が亡くなってから、付き合いは全くなかった。私は数年前から寝たきりになってしまった舅の看病をしながら、買い物以外はこの家から一歩も出ないような生活をしていた。

電話であんな強がりを言ったものの、警察に知らせることもできなかった。私には、警察を呼ぶことができない事情があった。

どうしよう。

戸締り!

私ははっとして玄関に走って行った。施錠するのを忘れていた。裸足《はだし》で三和土《たたき》におりると、わななく指で鍵《かぎ》をしめた。家中を走り回って、窓や戸に鍵をかけまくった。

しかし、こんな古い木造の家だ。入る気になれば、ガラス戸一枚破れば、簡単に侵入することができるだろう。

肩で息をしながら、茶の間に戻ってくると、もう十分がすぎていた。

私は茶の間の座布団にペタンと座り込むと、頭を抱えた。

今にも玄関のチャイムが鳴りそうな気がした。

ガタンという音。台所の方だ、まさか、あそこから？

はっとして立ち上がりかけたとき、突然、心臓をひっくりかえすような音で、電話のベルが鳴った。

＊

私は鳴り続ける電話を恐ろしいもののように見詰めていた。

キヨタだろうか。それとも？

震える手で受話器を取った。おそるおそる耳にあてる。

黙っていると、痺《しび》れを切らしたような相手の声がした。

「ぼくですよ」

キヨタの声だった。

「…………」

「もしもし？　聞こえてますか」

どういうことだろう。キヨタの声であることは間違いなかったが、口調がまた変わっていた。最初のような、おとなしい礼儀正しい話し方になっている。

「佐々木さん？」

名前を呼ばれて、私は思わず「はい」と答えてしまった。

「さっきはどうもすみません」

キヨタは笑いながらいきなり言った。

「え」

「あんな脅迫めいた電話をかけてしまって。つい調子に乗ってしまったんです。やり過ぎました。申し訳ありません。まさか警察なんか呼ばなかったでしょうね」

私はポカンとしていた。何がなんだか分からなかった。キヨタの声はまるで牙《きば》を抜かれた虎《とら》のようにおとなしいものになっている。これはどういうことなのだ。

「あの、間違い電話だということ、分かってくれたんですか」

私はおそるおそるたずねてみた。

「分かるも何も、最初から知ってましたよ」

キヨタは笑いながら言った。さっきとは別人のような、さわやかな笑い声だった。

「知っていた？」

私はびっくりして聞き返した。最初から知っていた？　それはどういうことだ。

「間違い電話と知っててかけたのは、ぼくの方なんですから」

キヨタはようやく笑いをおさめた声で、そんなことを言い出した。

「どういうことなんですか、それ」

私は呆《ほう》けたようになって聞き返した。

「ハラグチミツコなんてね、いないんですよ、最初から」

「え……」

「ぼくが勝手に作り出した名前なんです。なんて言ってもなんのことやら分からないでしょうから、最初から説明します。聞いてくれますか」

「え、ええ」

「時々やるんですよ、こういう遊び」

「遊び？」

「そうです。アットランダムに電話をかけて、相手が出たら、『ハラグチさんのおたくですか』って言うんです。もちろん、相手は間違い電話だと思うから、『違います』って答えてガチャン。そういうのを繰り返すんですよ。間違い電話がかかってきたときの反応って、人によって様々なんですよね」

キヨタと名乗った青年は楽しそうな声で話しはじめた。私はボーとして聞いていた。

「その反応を聞くのがおもしろくてね。迷惑そうにすぐ切ってしまう人もいれば、なぜ間違えたのか究明しようとする人もいます。その人の性格によって、さまざまなパターンがあるんですよ。暇潰《ひまつぶ》しにはもってこいです。ちょっと電話代はかさむけど——」

「それじゃ、あなたはうちへは全くでたらめに——」

「ええ。番号を押したんですよ。だから、おたくの電話番号も覚えてないんです。適当な番号を押しましたから」

「でも、あのあと何度もかけてきたじゃありませんか」

「ああ、あれはリダイヤルしたんです」

「リダイヤル？」

「あれ、もしかしてご存じないんですか。最近の電話には、一度かけた電話はリダイヤルのボタンを押せば、いちいち番号を押し直さなくても、機械がおぼえていて、かかるようになってるんです。さっきからぼくは、このリダイヤルボタンを押して、何度もおたくに電話してたんですよ」

「そうだったんですか」

　私は気の抜けたような声を出した。

「でも、びっくりしましたよ。『ハラグチさんのおたくですか』って言ったら、『そうです』ってあなたが答えたもんだから。ぼくは本当にハラグチというおたくにかけてしまったのかと思いましたよ。まあ、それほど珍しい姓でもないから、何度かかけてれば、その可能性もないわけじゃないなとすぐに思いましたがね。

だけど、本当に驚いたのは、そのあとです。いくら何でも、ミツコという名前まで一致するなんて。これは確率的に考えても、めったにないことですからね。びっくり仰天したまま、とりあえず電話は切ったんです。ただ、切ったあとで、もしかしたら、あなたも悪戯のつもりであんな答え方をしたんじゃないかって思いあたったんです。それで、それを確かめるために、少々、荒っぽいやり方ではありましたが、あんな電話をかけたんです」

そうだったのか。私はほっとするやら、拍子抜けするやらで、ペタリと受話器を持ったまま座りこんでしまった。

「それじゃ、あなた、うちの近くの公衆電話からかけてるわけじゃないのね」

私は言った。

「もちろんです。自宅からかけてるんですよ」

「もう。頭のおかしな青年かやくざかと思ったわよ」

事情が分かると、私は急にこのキヨタと名乗る青年に親しみのようなものをおぼえた。見知らぬ青年が何年も前からの知り合いのように思えた。

「どうもすみません。学生のとき演劇部にいたことがあるんです。それで、つい――」

「どうりで。演技もどうに入ってたわよ」

私は笑い出してしまった。久し振りに、他人を相手に笑ったなと思いながら。

「あの、今、お一人なんですか」

少し間があって、キヨタ青年はそうたずねた。

「いいえ。舅がいるけど……。あなたは?」

「ぼくもおふくろと二人暮らしなんです。夜になると退屈で退屈で」

その一言で、私には、このキヨタと名乗る青年のことが少し分かったような気がした。あまり友達もいないのだろう。むろん、恋人はおろか、ガールフレンドもいないに違いない。ろくに話相手にもならない年寄りとたった二人きりの生活。途方もない退屈と人恋しさから、夜になると、間違い電話の振りをして、アットランダムに電話をかけまくる青年。

饐《す》えた孤独の匂いがした。それは私自身の匂いでもあった。

「私もそうなの。舅はずっと寝たきりで、話相手にもならないし」

「たまに話しても、全く話題が嚙み合わない――」

キヨタがそう続けた。

「そうなの」

私たちの声は揃《そろ》えて笑った。

「失礼ですが、おいくつですか」

おずおずとした口調でキヨタはたずねた。

「女に年なんか聞くもんじゃないわ」

「すみません」

「あなたはおいくつ？」

「二十七です」

「そう、若いのね。私はね、あなたの母親と言われてもおかしくない年よ」

「ご主人はいないんですか」

「死んだわ。もう何年も前に」

「再婚されなかったんですか」

「そのときはもう舅が患っていたから、まさか病人をおっぽり出して行くわけにもいかないじゃない」

最後の声は溜息になった。そうだ。私はこんな溜息を何度漏らしたことだろう。

「それからは寝たきりの舅を看病するだけの人生。時々、生きてるんだか死んでるんだか分からなくなることがあるわ……」

「なんだかぼくたち似てますね。ぼくも父が死んでから、ずっとおふくろと二人っきりなんですよ。病気ってわけじゃないけど、おふくろはぼくがそばにいないと駄目なんです。先日も、会社から札幌の支社に単身赴任するように辞令がおりたんですが、おふくろを一人にするわけにはいかないんで、断ったんです。おかげで会社はクビになりました。今、失業中なんです」

青年はやや陰気な笑い声を響かせた。

こんな風にして、私たちは色々なことをしゃべりあった。今まで読んだ本で何がいちばん面白かったか。彼は子供の頃に図書館から借りて読んだというある童話の名前を即座にあげた。それは私の愛読書だった。彼はまだ外国旅行をしたことがないと恥ずかしそうに打ち明けた。今時、珍しいでしょう。どこにも行ったことがないんですよ。そんなことないわ。私だって、どこにも行ったことないもの。え、本当ですか。本当よ。行くとしたら、どこへ行きたいですか。そうねえ、北の方がいいわ。ぼくもですよ。ずっと北の果てがいいわね……。

思い付くままに、とりとめもなくしゃべりあった。息子と母親くらいに年齢の開きがあったにもかかわらず、私たちは本当によく似ていた。

見合いで結ばれた夫と二十年近く連れ添ったが、ただの一度もこんな打ち解けた会話をしたことがなかった。今では、夫の顔すら思い出せない。生きているときも死んだあとも、私は夫の夢を見たことがなかった。

それなのに、ついさっき知り合ったばかりの、しかも、少々異常な形で知り合った青年とは、まるで前世からの約束でもあったように、腹のうちをさらけだしてしゃべりあっている。

不思議なものを感じた。人と人とが知り合うのに、ひょっとすると、年月は関係ないのかもしれない。ふと、そう思った。

「あの、佐々木さん」

青年が言った。

「名前、教えてくれませんか」

どきりとした。ちょっと考えてから、

「芳子です。芳しいの芳に子供の子」

私は嘘を言った。芳子というのは、小学校のときに一番嫌いだった同級生の名前だった。

「あなたは？」

「ミチオです。三千に雄々しいの雄と書いて三千雄」

「キヨタミチオさんね」

「いや、それが――」

青年の声が澱《よど》んだ。

「本当いうと、キヨタというのは嘘なんです」

「え」

「あのとき、名前を聞かれて、とっさに中学のときの友人の姓を答えてしまいました」

申し訳なさそうに言う。私は思わず笑い出した。私たちは本当によく似ている。

「あなた、その友人が嫌いだったでしょう」

そう言うと、青年は驚いたような声で、「どうして分かるんですか」と言った。

「嫌いだった人のことって、意外に覚えているものなのよ」

私は笑いながら言った。だから、私は夫のことをよくおぼえていないのだ。好きでも嫌いでもなかったから。

「それで、本当の名前は何ていうの」

「ハラグチです」

少し間があって、青年はそう答えた。

「ハラグチって、それじゃあ」

私はあっけにとられた。

「ええ。ハラグチというのは、ぼ、く、の姓なんです。さっき、ハラグチミツコは架空の人物だって言いましたけど、本当は違います。ハラグチミツコというのは、おふくろの名前なんですよ」

私は何て答えていいのか分からず、黙っていた。

「あなたなら分かってくれるかもしれないな」

キヨタ、いやハラグチと名乗った青年はつぶやいた。

「実は、ぼくね」

青年は秘密を打ち明ける子供のような口ぶりで、そっと言った。

「ハラグチミツコを殺したんです」

「え……」

「おふくろですよ。おふくろを殺したんです」

＊

私の手から受話器が滑り落ちそうになった。掌《てのひら》にじっとりと汗をかいていた。

「もしもし、芳子さん？　聞いてますか」

「聞いてるわ」

掠《かす》れた声でようやく答えた。

「今、電話をかけてる部屋の床に、――リビングなんですが――おふくろは横たわってるんです。首に洗濯ひもを巻きつけたままでね。目を開けて、ぼくの方を睨《にら》んでますよ」

青年は低く笑った。

「殺したのは九時頃でした。おふくろがいつものように昔話をはじめたんです。耳にたこができるような何度も聞かされた話をね。それで、もう聞きたくないなって思って、おれ、うしろから首絞めたんですよ。洗濯ひもで」

私は息をするのも忘れていた。

「でも、ちょっと後悔してます。これで本当に話相手がいなくなっちゃったんだものね。耳たこの昔話でも、全くの沈黙よりはまだましだったかなって。それで、電話かけたんですよ。適当に番号押して。おふくろを探しまくったんです。どこかにいるんじゃないかって気がして。そうしたら、あなたが――そういうことだったんですよ。ねえ、聞いてるんですか」

「ええ」

私はしわがれた声で短く答えた。

「これからどうしたらいいと思います？　やっぱり警察に連絡して自首すべきでしょうか」

「そうした方がいいわね……」

私は慎重に言った。

「でも、ぼくはそうしたくないんです。だって、刑務所って、退屈な所でしょう。そんなとこに入りたくないな」

「そ、それじゃ、どうするつもり？」

「今一つ考えてるのが、おふくろが長い旅行にでも出たように見せ掛けるって方法なんです。死体を始末して――どういう風に始末するか教えましょうか。切断しちゃうんです。手足、胴、バラバラにしてね。だって、そうしないとここから運び出せないもの。おふくろ、あまり外に出ないで甘いものばっかり食ってたから、えらく太ってるんです。これじゃ、分割しなくちゃ運べません。それで、今迷ってたんですよ。鋸《のこぎり》にするか、肉切包丁にするか。どっちがいいと思います？」

「私には分からないわ」

頭が痛くなってきた。両こめかみがズキズキする。

「肉切包丁で骨まで切断できますかね」

「あの、もう切るわよ」

「あ、待ってください」

青年は慌てて言った。

「またやり過ぎたかな。嘘ですよ。今言ったことはみんな嘘です。また芝居の虫が騒ぎ出したんです。それで――」

青年は笑った。若々しいさわやかな声だった。

「分かってるわ。嘘だってことは」

私はそっけなく言った。

「おふくろなら、今、風呂に入ってるんです。そろそろあがってくる頃かな。あがってきたら、ぼくに肩や腰を揉《も》ませながら、昔話をはじめるんです。いつもそうなんです。はんこで押したように毎日毎日。うんざりするけど、まあ、仕方ないですよね」

「もう本当に切るわ。舅が咳こんでるみたい。薬を持って行ってやらないと。咳こみはじめたら、なかなか止まらないのよ」

舅の咳なんか聞こえてこなかったが、私はそれを電話を切る口実にしようとした。

「そうですか。残念だな。もっと、あなたとおしゃべりをしていたかったのに」

青年は本当に残念そうに言った。

「あの、もしよかったら、電話番号教えてくれませんか。そうしたら、またかけ直せますから。リダイヤルだと、このあと、どこかにかけたら、消えちゃうんですよ。だから——」

「電話番号はね——」

「もしもし？」

私はそう言いかけて黙った。

「教えるのはよすわ。私たち、これっきりにしましょう。その方がいいわ」

考えた末にそう言った。

「でも——」

「それじゃね、元気で。さようなら」

私は受話器を耳からはずした。

「あ、あの」

青年が受話器の向こうで何か言ったようだったが、私は構わずフックに戻した。

チンと言って電話が切れた。

しばらく電話の前から動かなかった。いや、動けなかった。リダイヤルとかで、あの青年がまたかけてきそうな気がしたからだ。心のどこかでそれを待っていた。

しかし、三十分待っても、電話は鳴らなかった。私は諦《あきら》めて立ち上がった。本当に舅が起き出して咳こんでいるような音を聞いたような気がした。

空耳だとは分かっていたが、茶の間を出ると、奥の八畳間に行った。ふすまをカラリと開けると、舅は胸の上まで掛布団をかけて、おとなしく仰臥《ぎょうが》していた。電話が鳴って、私が出て行ったときのままの姿勢だった。咳はしていなかった。

私、分かっているのよ。

口に出してそうつぶやいてみた。

あなたが言ったことが全部本当だってことをね。あなたがお母さんを殺したというのは本当だということ。

私には分かるんだもの。

だって――

舅の枕元《まくらもと》に膝《ひざ》をつくと、骨と皮ばかりになった喉首に巻き付いていた電気コードをそっとほどいた。

私たちは似ているから。

神の目

部屋に入って、明かりをつけると、紀子《のりこ》は、ほっとしたように、レインコートの胸元から顔だけ出して鳴いている子猫を外に引っ張り出した。

「苦しかった？　ごめんね。でも、ここ、ペット禁止だから。誰かに見つかったら困るでしょ」

雨に濡《ぬ》れた子猫の体をタオルで拭《ふ》いてやりながら、そう話しかけた。子猫は赤い口を開いて、怯《おび》えたように鳴くばかりだった。会社からの帰り道、いつも通る空き地で見つけた猫だった。野良猫らしい。びっしょりと濡れて震えている姿を見かねて、思わずレインコートの下に入れて、うちまで連れてきてしまったのだ。

「おなかすいてるの？　今、ミルクあげるからね」

紀子は、そう言いながら、キッチンにたつと冷蔵庫を開けて、牛乳パックを取り出した。中身を小皿に少し注いで、鳴き続けている子猫に与えた。やはり、空腹だったらしい。猫は無心に皿をなめ出した。

「おまえ、どうしてあんな空き地に一人でいたの。捨てられたの。それともお母さんとはぐれたの」

紀子は猫に話しかけた。子猫は、まるで紀子の問いかけに答えるように、皿から顔をあげると、にゃあと一声鳴いた。

「飼ってあげたいけど、ここはペットは飼っちゃいけないことになってるのよ。でも、黙ってたら分からないかな……」

紀子が住んでいるのは、賃貸のワンルームマンションだった。

ミルクを飲み終えた子猫は、よたよたとした足取りで、そのへんを歩き回っていたが、そのうち、疲れたのか、横になって寝息をたてはじめた。

「おねむなの？」

紀子はほほ笑みながら、そうつぶやき、空になった小皿を取り上げると、キッチンの流しに持って行って、それを洗った。

電話が鳴ったのはそのときだった。慌ててタオルで濡れた手を拭くと、受話器を取った。

「もしもし。安藤ですけど」

そう言ってみたが、受話器の向こうからは沈黙が返ってきただけだった。

「もしもし？」

不審に思いながら、もう一度言うと、いきなり男の声がした。

「可愛い猫だね」

押し殺したような低い声だった。

「は？」

紀子はきょとんとして聞き返した。

「猫だよ。あんたが拾ってきた。今、何か餌をやってただろう。……ミルクかな」

「あなた、どなたですか」

紀子はきっとした声で問い返した。聞き覚えのない声だった。それにしても、この男は、どうして、あたしが子猫を拾ってきたことを知っているのだろう、とふと疑問に思った。猫を拾って部屋に連れてくるまで、誰にも会わなかったはずだ。

それなのに、どうして……。

「あんたのことは何でも知ってるよ。いつも見ているからね」

男は笑いを含んだ声でそんなことを言い出した。

いつも見ている？

一瞬、紀子の背中に寒いものが走った。

「空き地でその猫を拾うところも見ていたよ。いつも、あんたのこと、見てるんだよ。今も、ここから、受話器を持ってるあんたの姿がよく見える……」

紀子は反射的に窓の方を振り返った。カーテンは大きく開いている。まさか？　電話を切ると、窓に駆け寄り、しゃっと音をたててカーテンを閉めた。電話の主は、この窓の向こうのどこかから、紀子の部屋の中を見ていたのだ。周囲に高層の建物がないことと、部屋が六階にあることに安心して、カーテンを閉めたことはなかった。しかし、双眼鏡を使えば、遥か彼方からでも、この部屋の中を覗き見ることができるではないか。

うかつだった。紀子は痛いほど唇をかみしめた。いつもカーテンを開けたまま、着替えをし、風呂あがりなど、下着だけの格好でいたこともある。なんと無防備だったことか。

また電話が鳴った。紀子はびくっと肩を震わせた。今の男だろうか。だとしたら、出たくない。でも……。電話は鳴り続けていた。切れる気配はない。紀子は仕方なく受話器を取った。

「カーテン、閉めたって無駄だよ」

さっきの男の声だった。

「俺の目は普通と違うんだ。何でも見えるんだよ。ここにいて、目をつぶるだけで、あんたのことは全部見えてしまうんだ」

「嘘よっ」

「嘘じゃないよ。げんに、あんたが猫を拾ってきたことも知っている。今、その猫は眠っている。おや、起きたみたいだぜ」

紀子は男の言葉に、ぎょっとしたように、振り返った。さっきまで横になって寝息をたてていた子猫が起き上がって、また鳴いていた。

どうして？

カーテンを閉めたのに。どうして、見えるのよ？

「いつも見ている。それを忘れるなよ……」

あざ笑うような男の声が、電話を切ったあとも、耳の底にこびりついて離れなかった。

＊

「あぎゃっ」

買ったばかりのノートパソコンの上にかがみこむようにして、おぼつかない手つきでキーボードを操っていた大道寺《だいどうじ》綸子《りんこ》が、突如、怪鳥のような奇声をあげた。

「どうしたんです？」

こちらはデスクトップ型のパソコンの前で資料を整理していた土方《ひじかた》雪夫は、何となく悪い予感を感じて顔をあげた。綸子は、信じられないという顔で、ノートパソコンを見つめている。額の真ん中で分けた長髪（モナリザヘアというかミセスアダムズヘアというか）が乱れて頰《ほお》に降りかかっている。

「ウィンドウズ95がぶっとんだ」

ぼうぜんとした口調で言う。

「はあ？」

土方は自分の机を離れると、綸子のそばまでやってきた。

「ウィンドウズ95が消えた……」

「んな、馬鹿な。ウィン95はOSですよ。基本ソフトです。消えるわけないでしょ」

「でも、消えた。黒い画面しか出ないぞ」

「もう。また人からかって。ちょっとどいてください」

土方は笑いながら、綸子をどかせると、ノートパソコンと向かいあった。しばらく、キーボードをかちゃかちゃやっていたが、土方の顔からふいに笑いが消えた。

「あ、ホントに消えてる……」

「だろ？」

「完璧《かんぺき》に消えてる。一体何したんですかっ」

「何したかよくおぼえてない。なんか触っているうちに、突然、消えた」

綸子は腕組みしたまま唸《うな》るように言った。

「なんか触ってるうちって……。OSを消すかよ、普通。しかも、買ってきたその日に」

土方はつぶやいた。

「おい、どうしたらいいんだ、土方」

「どうするもこうするも、消えたなら、インストールし直すしかないでしょう、95のファイルを」

土方は冷ややかに答えた。

「なんだ、それでいいのか。壊れたわけじゃないんだな」

綸子はほっとしたように言った。

「喜ぶのはまだ早い。ウィン95のファイルって、何枚あるか知ってますか」

「知らん」

「確か、百四十……」

「ひゃくよんじゅう？　何が？」

「フロッピーの数ですよ。百四十何枚かだったと思いますよ。一枚のフロッピーをインストールする時間を二分と見積っても、全部インストールし終わるのに、四、五時間はゆうにかかります」

「……」

「もっとも、CD‐ROMだったら、一枚で済みますけどね」

「そ、それを早く言え。髪が逆立ちそうになったじゃないか」

「ですけど、このノートパソコン、CD‐ROMドライブついてませんね」

「……」

「てことは、CD‐ROMは使えないってことです。どうして、こんなの買うかなあ。今時、CD‐ROMも使えないパソコン買ってどうしようっていうのかなあ」

「……」

「こういうのを安物買いの銭失《ぜにうしな》いっていうんだろうなあ。女、賢《さか》しうして、パソコン、買いそこなうともいうなあ」

「土方、おまえ、黙って言わせておけばいい気になって」

綸子が土方の胸倉をつかみかけたとき、遠慮がちに、事務所のドアがノックされた。

「どうぞ」

土方雪夫の胸倉をつかんだまま、綸子が反射的に答えた。すると、ドアが開いて、二十代後半と思われる、小柄な女性がおずおずとした物腰で入ってきた。

「あのう、こちら、大道寺探偵事務所……ですよね」

髪を振り乱した全身黒ずくめの女が、ソフトスーツをモデルのように着こなした目の覚めるような美青年の胸倉をつかんでいる異様な光景を目の前にして、その女性は、一歩後ずさりしたように見えた。

「そうです。わたしが所長の大道寺です」

綸子は土方の胸倉をつかんだまま冷静な声で言った。

「……それで、そのあとも、その男から電話はかかってきたのですか」

綸子はじっと占い師のような目付きで、安藤紀子と名乗った女性の目を見つめた。安藤紀子は怯えたような目で大きく頷《うなず》いた。

「そのうち、電話だけじゃなくて、手紙も……。ただ、手紙といっても、私のところへ来たのではなくて、マンションの大家さんのところに……」

「大家のところ？」

「ええ、これなんです」

安藤紀子は膝に載せていたハンドバッグから、一通の封書を取り出すと、それを差し出した。何の変哲もない白い定形封筒で、中には便箋が一枚。開いて読んでみると、こう書いてあった。

「拝啓。突然のお手紙をお許しください。実は、612号室を借りている安藤紀子のことですが、ペット飼育禁止のルールを破って、野良猫を部屋でこっそり飼っております。マンション内の規律と秩序を保つためにも、厳重に注意された方がよろしいかと……。神の目より」

＊

「神の目……」

 綸子はつぶやいた。

 文字は左手で書いたようなぎこちない字体だった。

「大家さんに、こんな手紙が届いたが、本当に猫を飼っているのかと問いただされたんです。私が猫を飼っていたことを知っていたのは、他には誰もいないはずです。あの男です。書いたのはあの電話の男に間違いありません。それに、この手紙を大家さんに見せられたとき、これと同じことが前にもあったことを思い出したんです」

「これがはじめてではなかった？」

綸子は手紙に落としていた視線をあげた。

「かれこれ半年ほど前になるのですが」

紀子はそう言いかけ、ふと口をつぐむと、不安そうにたずねた。

「あの、これから話すことは秘密にして貰えますよね」

「もちろんです」

綸子はきっぱりと言い切った。

「実は……」

紀子はそれでも言いにくそうにしていたが、意を決したように話し出した。

「半年前まで、私は今勤めている会社とは別の会社に勤めていたのです。そこで、私は、直属の上司だった男性と、その、恋に落ちてしまったんです。彼には、奥さんも子供もいました。いわゆる不倫でした。もともと、その会社は、社長の意向で、社内恋愛はご法度ということになっていました。まして、私たちの場合は不倫ですから、社長の耳に入ったら大変なことになります。だから、私たちは社内ではもちろん、外で逢うときも、周囲に気を遣って、誰にも気づかれないように細心の注意を払っていたのです。

それなのに、ある日、私たちのことが社長の知るところとなってしまったのです。社長の自宅に一通の手紙が届いて、そこに、私たちのことが事細かに書かれていたらしいのです。社長に厳しく問いただされて、私たちは、そこに書かれていることを認めざるをえませんでした。そして、私は会社を依願退職という形で辞めさせられ、彼の方も、首にこそなりませんでしたが、降格され、地方の支社に左遷されてしまいました。

あのときは、あれを書いたのは、私たちのことに気づいた、会社の誰かだと思っていましたが、今から思えば、あれも、あの電話の男の仕業だったのかもしれません……」

「電話の男の声に本当に聞き覚えはないんですか。たとえば、その前に勤めていた会社の同僚とかでは？」

綸子はたずねた。

「いいえ。違うと思います。私も最初はそう思ったのですが。やはり聞き覚えがないのです。それなのに、私のことを、気味が悪いほどよく知っているのです。私のことをいつも付け回しているようなのです。どこで何をしたということを事細かに知っているのです。それだけじゃありません。私が部屋で一人でいるときのことも知っているのです。お風呂からあがってきたところに電話がかかってきて、『今、風呂からあがってきただろう』なんて言うのです」

「カーテンを閉めているにもかかわらず？」

「そうです。あの電話がかかってきてから、カーテンは朝から晩まで閉めたままです。外から見えるはずがないのです。それなのに、あの男は知っているんです。私のしていることを何もかも。カーテンなんか閉めても無駄だと言われました。自分は特殊な目の持ち主なので、障害物があっても、中を見通すことができるというのです。私、怖くてたまりません。うちにいても、外にいても、いつも誰かの視線を感じるのです。じっと私のことを見つめている厳しい視線を……。夢の中まで出てきます。闇の中に大きな目玉が浮かんでいて、それがじっと私を見ているのです。どこへ逃げても追いかけてくるのです。このままではどうにかなりそうです。あの電話の男の正体をあばいてください。一体どこの誰が、何の目的でこんなことをするのか。それを調べてください」

安藤紀子は目に涙を浮かべ、振り絞るような声で訴えた。

＊

「今日も収穫なし、ですかね」

見上げているマンションの六階の部屋の窓に明かりがついたのを確認したあと、土方雪夫はため息のような声で言った。

安藤紀子から依頼を受けて、この三日間、紀子の周囲を張っていたが、彼女を付け回すような不審な挙動の男はまだ見つけだすことができなかった。

「敵もさるもの。彼女が探偵を雇って自分の正体を探ろうとしていることに気づいたんだろうな。彼女の言うことが本当だとしたら、彼女がうちへ来た日も、『神の目』は彼女を尾行していたはずだ。ということは、うちへ入るのも見たはずだよ。それでピンときたんだろう。しばらく、尾行を控えて様子を見ているのかもしれない」

綸子は腕組みしたまま言った。

「そんなところでしょうね。さてと、これからどうしますか。ここに立ちん坊していてもしょうがない」

土方はあくびをかみ殺しながら聞いた。

「紀子の部屋を見てみるか」

綸子はそうつぶやくと、すたすたと、マンションのエントランスに近づいて行った。

エレベーターを六階でおり、612号室のインターホンを鳴らすと、すぐに安藤紀子が出てきた。綸子と土方を見ると、驚いたような顔をしたが、「部屋をちょっと見せてくれ」と綸子が言うと、こっくりと頷いて中に入れてくれた。

部屋は、若い女性の一人暮らしらしく、きちんと片付いていた。八畳ほどのワンルームに、キッチンとユニット・バスが付いている。部屋の片隅には、猫用のトイレの砂が置いてあった。

しかし、子猫の姿はなかった。大家に注意されて、しかたなく、拾ってきた空き地に戻したのだという。

「あれから、電話かかってきましたか」

綸子は、窓のカーテンを少し開けて、外を覗きながら言った。紀子の言う通り、周囲に高層の建物はなかった。カーテンは、二重になっていて、閉めてしまえば、外から中の様子を窺《うかが》うことは不可能のように見えた。

「いいえ、一度も」

キッチンにたって、コーヒーをいれていた紀子が答えた。

「あのう、そちらは?」

振り向いて、逆に聞き返した。張り込みの結果を聞いているのだ。

「今のところ、あなたを付け回しているような男は発見しておりません」

綸子はそう答えた。

「そうですか……」

紀子はがっくりと肩を落とした。

「探偵さんにお願いしたこと、分かってしまったんでしょうか」

「たぶん、ね」

綸子は部屋の中を見回しながらそっけなく言った。飾り棚の上にあった写真立てを何げなく手に取った。写真立てはどういうわけか伏せられていた。何かの拍子に倒れたのかもしれない。ふと見ると、それは、両親らしき男女と写っている、少女の写真だった。紀子に似ている。紀子の子供の頃の写真だろう。

「ここに住んでどのくらいになるのですか」

綸子は、半ば無意識に写真立てを立て直すと、世間話でもするような口調でふいにたずねた。

「ちょうど三カ月になります」

コーヒーをガラスのテーブルに載せながら、紀子が答えた。

「三カ月？」

綸子は一瞬おやというように眉をつりあげた。

「そんなもんですか？　ということは、半年前は？」

「隣町のT市にいました。会社を辞めて、彼とも別れて、心機一転のつもりで、この町に引っ越してきたんです」

「T市にいたときも一人暮らしだったのですか」

綸子はじっと紀子の目を見つめたまままたずねた。

「ええ。マンションではなくて、アパートでしたけど」

「そこに住んでいたとき、不審な電話はかかってこなかった？」

「かかってきません」

紀子は首を振った。

「妙だな」

綸子はあごに手をあて、何か考えるように、宙を見据えた。

「ということは、『神の目』はT市にいたときから、あなたを付け狙っていたということになりますよね。もし、例の不倫暴露の手紙を書いたのも彼だとしたら……」

「え、ええ……」

紀子が不安そうに頷いたとき、電話が鳴った。一瞬、紀子の肩がびくと震えた。

「やつかもしれない。オンフックにして話してください」

綸子は素早くそう言った。安藤紀子は黙って頷くと、オンフックのボタンを押した。

「もしもし、安藤ですけど……」

「探偵なんか雇ったって無駄だよ」

せせら笑うような男の声がした。まだ若い男のようだった。

「俺の正体が分かるはずがない。間抜けな探偵だぜ。今日も一日、あんたにぴったりくっついていたのに、俺には気づきもしなかった。逆にこっちが尾行してやったのさ。今、あんたの部屋にいるだろう？　そこにいる女探偵に言っときな。悔しかったらここまでおいでってな」

笑い声を残して電話は切れた。

「尾行していたなんて、そんな馬鹿な……」

土方がはじめて声をあげた。綸子は腕組みして一点を見つめていた。やがて、その目にはっとした光が宿った。

「もしかしたら……」

綸子は独り言のようにつぶやいた。

「安藤さん」

電話機の前で立ちすくんでいた紀子に、綸子は声をかけた。

「子猫を飼っていたとき、猫に話しかけたことがありますか」

突然、そんなことを聞いた。

「え？」

紀子は面食らった顔をしていたが、すぐに頷いた。

「え、ええ、あります……」

「ここに引っ越してきて、店屋物《てんやもの》を取ったことがありますか？　宅配のピザでもいいですが」

綸子は重ねて聞いた。

「ピザなら、何度か……」

紀子は不審そうな表情のまま、そう答えた。

＊

翌日の夜。再び、大道寺綸子と土方雪夫は安藤紀子の部屋を訪れた。

「何か分かったんですか」

綸子たちを部屋に通しながら、紀子はすぐにたずねた。

「これで分かるかもしれません。『神の目』の正体がね」

綸子はにやりと笑って手にした物を見せた。

「そ、それは……」

紀子は驚いたように綸子の手元を見た。綸子は受信機のようなものを持っていた。

「これでこの部屋から出ている不審な電波をキャッチできるはずです」

「電波って、まさか」

「『神の目』は見ていたわけじゃないんです。たぶん、彼は」

綸子がそう言いかけたとき、手にした受信機が反応した。ハウリングの音が大きくなったところで、かがみこむと、「これか」とつぶやき、部屋の片隅にあった二股コンセントを引き抜いた。そのコンセントをドライバーで分解すると、会心の笑みを浮かべた。

「やっぱり思った通りだ。見てごらんなさい」

「これは、もしかして……？」

「そうです。このコンセントの中に盗聴器が仕込まれていたんです。『神の目』は、この盗聴器を通して、あなたに関する情報を得ていたんですよ。あなたを付け回していたわけでも、この部屋の中を千里眼のような眼力で見通していたわけでもない。耳から入ってくる情報を、さも目から入ってくる情報のように、あなたに錯覚させていただけなんです。だから、カーテンを閉めても、あなたが部屋の中で何をしているか、おおかたの見当がついたんですよ。部屋の中の物音や、話し声なんかを聞いてね……」

紀子はぼうぜんとして声も出ないという顔をしていた。

「そ、それじゃ、私が子猫を拾ってきた日も、私のあとをつけていたわけではなくて……」

ようやく紀子は言った。

「あなたがたてる音を通して、『神の目』は、あなたが部屋の中で何をしているか、察しをつけていたのですよ。猫なら、鳴き声でそれと分かるでしょうし、あなたは子猫に話しかけたりしていたはずです」

紀子の顔にはっとした表情が浮かんだ。昨夜の綸子の質問の意味がようやく分かったという顔だった。

「そういえば、あの子猫を飼うようになってから、猫相手に、その日あったこととか話していました……」

「『神の目』はそれを聞いていたんですよ。それで、あなたの一日の行動をある程度知ることができたのです。ここの電話番号は、おそらく、あなたが宅配ピザを注文したときに知ったんでしょう。『神の目』が、ここ数日、電話をかけてこなかったのは、私たちのことを警戒してというよりも、あなたが大家に注意されて子猫を捨ててしまったので、あなたが子猫に話しかけることから得ていた情報が得にくくなったからでしょう。それが、昨日、私たちがお邪魔したことで、あなたが探偵を雇っていたことを知った。それで、あんな電話をかけてきたんです。そう考えれば辻褄《つじつま》があいます」

「そうだったんですか……」

安藤紀子は納得のいったような顔をした。

「ところで、このコンセントがいつからここにあったか覚えていますか」

綸子がたずねた。

「ここに入居したときからです。最初からそこに差し込んであったんです。前に住んでいた人がうっかり忘れていったのかと思って、そのまま使っていたんです……」

「とすれば、おそらく、前に住んでいた人の関係者が、その住人の情報を得るために、こっそり仕込んだのかもしれませんね。ところが、その住人は引っ越してしまい、このコンセントだけが残された。そのあとにあなたが入居してきた。盗聴魔が狙っていたのは、あなたでなくて、あなたの前に住んでいた人だったのかもしれません」

「私の前にも若い女性が住んでいたと大家さんから聞きました」

紀子は思い出したように言った。

「たぶん、その女性の交友関係を洗えば、盗聴器を仕掛けた男の正体が絞れるかもしれません。どうします？　そこまでやりますか。どうしても『神の目』の正体を知りたいというのであれば、私たちも全力をあげて追及しますが。ただ、もし、盗聴魔の狙いがあなたではなく、あなたの前に住んでいた人だとしたら、『神の目』は、あなたに対して何か特別な恨みや執拗《しつよう》な関心を抱いているというわけではなさそうです。まあ、一種の愉快犯のようなものでしょう。たまたま、面白半分に盗聴器を仕掛けてみたものの、肝心の相手は引っ越してしまったので、仕方なく、次に入居してきたあなたに関心を向けた、というところではないでしょうかね。だとしたら、盗聴器がはずされたことに気づけば、これ以上の悪戯《いたずら》電話をかけてくることもないと、私は思いますが。それでも気味が悪ければ、電話番号を変えるという手もありますし」

綸子がそう言うと、安藤紀子はしばらく考えていたが、「そうですね。それなら、もう結構です。これ以上、追及していただく必要はありません。盗聴なんて気味が悪いけど、私を狙っていたわけではないことが分かって、ちょっとほっとしました」

紀子の顔にようやくかすかな笑顔が浮かんだ。が、その笑顔も、すぐに消えた。

「でも、おかしいわ」

紀子はつぶやいた。

「もし大道寺さんのおっしゃる通りならば、前に勤めていた会社の社長に、私と上司の不倫暴露の手紙を書いたのは誰だったのでしょう？　『神の目』ではなかったのでしょうか」

「そういうことになります。『神の目』が偶然この部屋に仕掛けた盗聴器を通して、あなたのことを知ったのだとしたら、T市でのことは彼とは無関係ということになりますからね。とすれば、猫の一件を大家に告げ口したのは、『神の目』でしょうが、不倫暴露の手紙の方は、別人の手によるものだったのでしょう」

「そうですか……」

紀子はやや歯切れの悪い口調で相槌《あいづち》をうった。

「ま、とにかく、あなたを付け狙っている人間がいたわけではないのです。それは安心してよろしい……」

そこまで言いかけた綸子の声がふと途切れた。視線がある一点に釘付けになっていた。何か関心を引くものがあったらしい。綸子の視線は棚の上に注がれていた。

「でも、どうして分かったんですか」

紀子が言った。

「何が？」

棚の上に気を取られていた綸子は、はっとしたように振り向いた。

「この部屋に盗聴器が仕掛けられていたなんてこと」

「ああ、それですか。私は超能力の類《たぐ》いは信じない質《たち》なんです。だから、カーテンが閉めてある部屋の中を見通せるというやつの話は、最初から眉唾《まゆつば》だと思っていました。何か裏があるような気がしていたんです。それで、昨日、あの男からかかってきた電話を聞いたとき、ひょっとしたらってひらめいたんですよ」

「というと……？」

紀子はまだ腑《ふ》に落ちないというように聞き返した。

「あの男は、私たちのことを尾行してきたと言ってましたね。それで、あなたの部屋に私たちが入るのを見たと」

「ええ」

「ただ、あのとき、私はやつの言い草に妙な違和感のようなものを感じたんです。やつは、あのとき、『探偵たち』と言わずに、『そこにいる女探偵』という言い方をしていましたね。まるで私しかこの部屋にいないような言い方をしていたでしょう。ここには土方もいたのに。それで、ふと思ったんです。彼は私たちの姿を見ているのではなくて、私たちの声だけを聞いていたんじゃないかってね。あのとき、部屋に入って、あなたとしゃべったのは私だけでした。土方は、あの電話がかかってくるまで一言もしゃべらなかった。つまり、私たちの声しか聞こえなかったやつには、土方の存在が分からなかったんじゃないか。そう思ったんですよ」

「あんな短いやりとりからそこまで見抜くなんて、さすが探偵さんですね」

紀子は感心したように白い歯をみせて笑った。

「でも、おかげで、今夜からはぐっすり眠れそうです。誰かにいつもじっと見られているというのは、私の被害妄想にすぎなかったことが分かって……」

「これはご家族の写真ですか」

綸子は、さきほどから見つめていた棚のそばに近づいて行くと、そこにあった写真立てを手に取って、話題を変えるように言った。

「え、ええ。父と母です。小学校五年のときに写真屋さんで撮って貰ったものです。父が亡くなるちょうど一年前に……」

紀子はそう答えた。

「お父様は亡くなったんですか」

写真立てを手にしたまま、くるりと紀子の方に振り向いた。

「ええ。ガンで……」

安藤紀子は問わずがたりに生い立ちを話した。紀子の出身は、三重県の桑名市で、そこに高校を卒業するまでいたのだが、東京の短大に合格したのを機に上京し、郷里に母親を残したまま、ずっと一人暮らしをしているのだという。

公務員だった父親は、紀子が小学校六年の秋に、末期の肝臓ガンで他界したらしい。

「ねえ、紀子さん」

ふいに綸子が親しげな口調で言った。

「どうして写真を伏せておくのですか」

「え?」

紀子はぎょっとしたように綸子を見つめた。

「いえね、昨日、こちらにお邪魔したとき、この写真が伏せてあったものだから、私が立て直したんですよ。それなのに、今見たら、また伏せてある。ということは、あなたがまた伏せたってことですよね」

「私……」

紀子は口ごもった。が、ようやく決心がついたように言った。

「父の目が怖かったんです……。それで、写真を伏せたんです」

*

「お父さんの目が怖い？」

綸子は不思議そうな顔をした。

「それはどういうことです？」

「あの男から最初に電話がかかってきたとき、『いつも見ている』と言われました。それを聞いたとき、私は、ふいに、父の最期の言葉を思い出したんです。そうしたら、写真の中の父の目が急に怖くなって……。なんだか、私の方をじっと見ているような気がして、それで、たまらなくなって写真を……」

「お父さんの最期の言葉とは？　もう少し詳しく話してくれませんか」

綸子は興味を持ったように、切れ長の目を光らせて、先を促した。

「私が小学校六年のときでした、父が肝臓ガンと分かったのは。半年ほどの闘病生活の末に、父は病院のベッドの上で亡くなりました。父は亡くなる三日ほど前から意識を失っていました。それが、ふいに意識を取り戻して、私の名前を呼んでいるというのです。私はすぐに母と病室に駆けつけました。すると、別人のように病み衰えた父が、かっと大きな目を見開いて、私のことをじっと見ていたのです。そして、最後の力を振り絞るようにして、『いつも見ているから。おまえのことを見ているからな』と言ったのです。骨と皮ばかりにやせ細った顔に、目だけがぎらぎらと輝いて、それは恐ろしい形相で……」

紀子は話しながら、そのときのことを思い出したように、身震いした。

「どういうお父さんだったのですか、生前は……?」

綸子はあごに手をあて、紀子の方を見ながら言った。

「厳格な父でした。私は一人娘で、しかも、父が年を取ってからようやく生まれた子供だったそうですが、甘やかされたことは一度もありませんでした。他の子供のように、父親と一緒にお風呂にはいったり、遊んで貰った経験は一度もありませんでした。あれをしてはいけない、これはしてはいけないと厳しく叱られた記憶しかありません。父自身もそんな厳格な家庭で育てられたそうです。だから、本当のことを言うと、父が亡くなったとき、悲しいというよりも、牢獄からようやく出されたような解放感すら感じたくらいでした……」

「紀子さん」

綸子は何か考えこみながら言った。

「前に勤めていた会社の住所を教えてくれませんか」

「え？」

紀子は夢から覚めたような顔をした。

＊

「社長がお目にかかるそうです」

社長室に電話をかけていた受付嬢が、受話器を置くと、にこやかな笑顔とともにそう言った。

大道寺綸子と土方雪夫は、受付を離れると、すぐにエレベーターに乗り込み、七階にあるという社長室に向かった。

「一体何をするつもりですか。安藤紀子が前に勤めていた会社の社長になんか会って？」

土方はさっぱり訳が分からないという顔で綸子を見た。

綸子はエレベーターの壁に寄りかかり、放心したような顔をしていたが、「ちょっと確かめたいことがあるのさ」とだけ言った。

エレベーターが七階で停まった。エレベーターを出ると、二人は、廊下を歩き、「社長室」と書かれたドアの前に立った。綸子がドアをノックした。中から「どうぞ」という年配の男の声がした。

中に入ると、窓際のデスクに、六十年配の白髪の大柄な男性が座り、傍らの秘書らしき女性に何か指示していた。

綸子たちとすれ違いに秘書は出て行った。

「どうも、アポも取らずに、突然、お邪魔して申し訳ありません」

綸子はにこやかにそう言って、つかつかとデスクに近寄ると、名刺を差し出した。

「私、こういう者です」

社長の宮腰《みやこし》は、差し出された名刺をちらと見ると、「探偵……さんですかな」と言った。

「それで、どのようなご用件で？」

デスクから立ち上がると、来客用のソファの方に二人を誘った。

「半年ほど前のことになりますが、こちらの総務課に安藤紀子という若い女性が勤めていたことを覚えておられますか」

綸子がそう切り出すと、宮腰は、テーブルの上の葉巻入れから葉巻を一本取り出し、それを手でもてあそびながら、「はて、安藤……」と、すぐには思い出せないような顔をした。

「直属の上司と不倫していたということで、解雇された女性です」

綸子がそう続けると、宮腰は思い出したように、「ああ」と口の中でつぶやいた。

「それが何か?」

宮腰は葉巻に火をつけながら言った。

「安藤紀子とその上司の不倫のことを暴露した手紙が、社長のご自宅に送りつけられてきたそうですね?」

「そういえば、そんなことがありましたな……」

宮腰は目を細めて煙を吐き出した。

「その手紙のことですが、差出人の名前がありましたか」

綸子はさらに聞いた。

「いや、確か、差出人の名前はなかったですな。その代わり、署名のようなものが書かれていた……」

「『神の目』と?」

綸子がそう聞くと、隣に座っていた土方がびっくりしたような目で綸子を見た。

「そうそう。確かそんな署名でしたな」

宮腰は二度ほど頷いた。

「これをご覧になってください」

綸子は肩にかけていたショルダーバッグから、一通の封書を取り出した。それは、安藤紀子から借りてきた手紙だった。

「どれどれ」

宮腰は立ち上がって、デスクの上から老眼鏡らしきものを取り上げると、それをかけて、綸子から渡された手紙を見た。

「ご自宅に来たのも、そんな形式の手紙ではなかったでしょうか」

綸子がそうたずねると、宮腰は、じっと文面を睨《にら》んでいたが、「ふむ」と大きく唸《うな》り、「似てますな」と言った。

＊

「これ、一体どういうことなんです？」

社長室を出るやいなや、土方雪夫が嚙み付くような勢いで聞いてきた。

「不倫暴露の手紙も『神の目』が書いたってことですか」

「そうらしいな。偶然の一致とはとても思えない」

綸子はあっさりと答えた。

「そんな馬鹿な。それじゃ、『神の目』は、安藤紀子がここに勤めていた頃から、彼女を知っていた人物ってことになるじゃありませんか。でも、あの盗聴器付きのコンセントは、彼女が入居する前からあったというんですよ。てことは、『神の目』が、彼女の引っ越し先に先回りして、あの盗聴器を仕掛けたってことになるんですか」

「いや、それはちと考えにくい。そうじゃなくて、盗聴野郎と、『神の目』は全くの別人だと考えた方が現実的かつ合理的な解釈だ」

エレベーターに乗り込みながら、綸子は言った。

「別人？」

土方はぽかんとした。

「つまりさ、電話をかけてきた男と、『神の目』と名乗ってチクリの手紙を書いた人物は同一人物ではなかったということさ」

「え、そんなはずありませんよ。だって、そうでしょう？　それなら、『神の目』は、どうやって、紀子が子猫を拾って部屋でこっそり飼っていたことを知ったんです？　盗聴していたからじゃないんですか」

「違う。『神の目』は見ていたのさ。紀子が子猫を拾って部屋で飼うまでの一部始終を。それだけじゃない。彼女の行動のすべてを。彼女がいつも誰かに見られていると感じていたのは、ただの被害妄想じゃない。本当に見られていたんだよ。神のようにすべてを見通す目にね」

「分からないなあ。どういうことなんです、それは？」

土方は襟首まで伸ばした髪を片手でかき回した。

「そもそも、盗聴野郎が、大家に猫云々《うんぬん》の密告の手紙を出すこと自体が妙なんだよ。だって、そうだろう。彼は、紀子の個人情報を、彼女が子猫に話しかける言葉から得ていたに違いない。一人暮らしの彼女に色々しゃべらせるには、ペットというのは格好の道具だったはずだ。それなのに、あんな密告の手紙を大家に出せば、当然、大家に注意されて、紀子は子猫を手放さざるをえなくなるのは目に見えている。ということは、彼は貴重な情報源を失うことになるんだ。そんな自分にとって不利なことをわざわざするだろうか。

それに、彼女の周りで二人も密告の手紙を書く人間がいたというのも、どうも釈然としない。これは、不倫暴露の手紙を書いた人間と『神の目』が別人だったと解釈するよりも、同一人物だったたと解釈すべきなんだよ」

「それじゃ、『神の目』の正体は誰だっていうんです。彼女の元同僚ですか？」

「いや、違うね。『神の目』の正体はね」

綸子は言った。

「紀子の父親だよ」

「父親って、肝臓ガンで死んだという？」

土方はびっくりしたように綸子を見た。

「そうだ」

「何言ってるんです。父親は亡くなったんですよ。まさか、霊になって見ているなんて言うんじゃないでしょうね」

「そういう言い方もできるかもしれないな」

「んなアホな。じゃ、あの手紙は亡霊が書いたってことになるんですか」

「そうさ。安藤紀子の記憶の奥底に住み着いた父親の亡霊が、娘の手を借りてな」

「娘の手をって……まさか」

土方はエントランスに向かう廊下の途中でいきなり立ち止まった。

「それじゃ、あの手紙を書いたのは……」

「安藤紀子自身さ」

当然のことのように、綸子はそう言ってのけた。

＊

「安藤紀子が自分で自分を告発する手紙を書いていたっていうんですか。どうして？　馬鹿げているじゃないですか。そんな自分で自分の首を絞めるようなことを、どうしてしたんです？」

「自分の首を絞めたかったからだよ。誰かに罰して貰いたかったんだろう。彼女は、罪を犯しているという不安に耐えられなかったんだ。厳格な父親に厳しくしつけられた紀子にとって、不倫というのは、普通の娘が感じる以上に、心の負担になっていたに違いない。不倫の罪なんてのは、しょせん、一夫一婦制の結婚制度に必要以上に価値を見出している者が感じる錯覚にすぎないが、こうした旧制度の熱烈な支持者だったに違いない父親は、娘にも当然のようにそれを教え込んだのだろうね。だから、娘は不必要なまでに罪の意識を持ってしまった。その罪の意識から逃れるには、その罪が暴かれて罰を受けるしかない。だから、彼女は無意識のうちに罰を受けることを望んだんだよ。それで、罪の意識からくる不安が頂点に達したとき、社長あてにあんな手紙を書いたんだ。あるいはこう言い換えてもいい。彼女の中に住み着いた厳格な父親の人格が彼女が知らない間に彼女を罰するような行為を行ったとね。

捨て猫の場合も同じだ。ペット禁止のマンションで、ルールを破って、こっそり子猫を飼っているという罪の意識からくる不安が、子猫への愛着がわけばわくほど、彼女の中で膨らんでいったのだろう。おまけに、そうした心理的な下地がもともとあるところへ、変な盗聴野郎がからんできた。小賢《こざか》しい盗聴魔は、盗聴していることを隠すために、『見ている』ことをやたらと強調した。そのことが、ただでさえ、死んだ父親の目を恐れて生きてきた紀子に、多大な不安と恐怖を与えたのだ。それで、その不安と恐怖に耐えられなくなったとき、紀子は大家にあんな告げ口めいた手紙を書いて自分を罰することで、不安と恐怖から逃れようとしたんだよ」

「……」

「安藤紀子の視線恐怖は、不審な男からの電話からはじまったんじゃない。その前からあったんだ。おそらく、父親の最期を看取《みと》ったときからね。彼女の夢の中に出てくる目玉のお化けとは、ガンで病み衰えた父親のことだったんだよ」

「でも……」

土方が言った。

「安藤紀子の父親の最期の言葉ですが、あの『見ている』というのは、『見守っている』という意味だったんじゃないですかね……」

「もちろん、そうさ。ずっと娘に厳しく接してきた父親は、息を引き取る直前に、それまで見せることができなかった娘への愛情を精一杯表そうとしたんだろう。でも、不幸にも、自分を叱りつける厳格な父親の姿しか知らない娘は、父親の最期の言葉を大きく誤解してしまったのだ。『見守っている』という愛情溢《あふ》れる言葉を、『見張っている』という監視の意味にとってしまったのさ。思えば、かわいそうな親子だね。父親も、一人娘をどうやって愛していいのか分からなかったんだろうね。それで、自分が親にされてきたことをそのまま子供に繰り返してしまったんだろう。最近、父権の失墜を嘆く声をよく聞くが、こんな空疎な権威なら失墜したままでいいと私は思うけどね。親に必要なのは、権威じゃなくて、自信だよ。一人の人間として自分はこう生きてきたという自信だ。自分に自信がもてない人間が、子供に何を教えられるものか。自信を失ったまま、親になってしまう人間があまりにも多すぎる……」

「だけど、自信がありすぎる人間というのも、ちと困りますがね。自信過剰というのはね」

土方が横目で綸子の方を見ながら言った。

「まあ過剰はよくないけどな」

綸子も渋々認めた。

「俺の周りにも若干一名いるんですよ。自信過剰ってやつが……」

「へえ、そうかね」

「おまえさん、何を根拠にそこまで自信もってるのって聞きたくなるような御仁《ごじん》が」

「うん、時々いるな。そういう馬鹿が」

そう言いながら、女とは思えないような大股で先を行く大道寺綸子の背中に向かって、土方雪夫はそっとつぶやいた。

「あんたのことだってば」

疵《きず》

1

札幌駅の南口を出ると、池上妙子《いけがみたえこ》は思わずオフホワイトのコートの襟を片手で掻《か》き寄《よ》せた。

例年に較べれば暖かいとはいえ、十月も末となると、襟元を吹き抜けていく北国の風はさすがに冷たい。

コートの襟を立て、肩をすぼめるようにして、駅前の横断歩道を人波に揉《も》まれながら渡った。

黄色く色づいたアカシアの立ち並ぶメインストリートを十分ほど歩いて行くと、予約を入れておいたビジネスホテルの看板が見えてきた。

うっかりしていると、見落としそうな地味な看板だった。

中に入ってフロントに行き、「予約しておいた池上ですが」と声をかける。俯《うつむ》いて何かめくっていた男性のフロント係がはっとしたように目をあげた。中林《なかばやし》というネームプレイトを胸に付けた、二十代後半と思える、色の白いスラリとした青年である。

もう一人受話器を耳にあてていた若い女性の係も、好奇心に満ちた目つきで、ちらっと妙子の方を見た。

二人のフロント係が、なぜこんな反応を示すのか、妙子には痛いほど分かっていた。

「池上さまですね」

それでも中林というフロント係は無表情を装い、慣れた手つきで、カードを調べる仕草をした。

「それでは、こちらにご住所とお名前を」

予約を確認すると、宿泊カードと備え付けのボールペンをカウンター越しに妙子の方に差し出した。

妙子はそれに素早くペンを走らせた。

「二泊でございますね」

フロント係はそう言いながら、手元の紙に何か書き込み、部屋のキーと一緒に差し出した。ルームナンバーは予約のときに指定しておいた通り911号室だった。

「あの、私あてに何かメッセージはなかった？」

もしやと思って、妙子は顔をあげると聞いてみた。

フロント係の青年の、子犬のような薄茶色の目がしばたたかれた。

「少々お待ち下さい」

俯いて調べていたが、

「何も入っていないようでございますが」

と答えた。

「そう。それならいいの」

妙子は、少し微笑《ほほえ》んだ。ちらと腕時計を眺める。午後四時を少し過ぎたところだった。

「どうぞごゆっくり」

フロント係の丁重な一礼に送られて、妙子はフロントを離れると、近くのエレベーターのボタンを押した。

すぐに扉が開いたエレベーターに乗り込み、くるりと体の向きを変えて、フロントの方を見ると、電話をかけ終わった女性のフロント係が妙子の方を見ながら、男性の係に何かひそひそやっていた。何を言っているかは勿論聞こえなかったが、おおかた、妙子のことを話しているのだろう。

常連でもないのに、予約のときに部屋番号まで指定したのが気になるらしい。しかも、妙子が指定した911号室というのは……。

閉まった扉の中で妙子の片頰に苦い微笑が浮かんだ。

エレベーターを9階で降りると、絨毯《じゅうたん》の敷かれた廊下を歩いて、911号室の前に来た。

ここまでは冷静を保てたが、さすがに、キーを鍵穴に差し込む段階になって、手がブルブルと震え出し、なかなかドアを開けることができなかった。

ようやくドアを開け、中に入ると、妙子は大きく深呼吸した。部屋は息苦しいほど狭いシングルで、ベッドとテレビと大きなミラーが付いているだけだった。

　ボストンバッグとキーを置き、窓際に近付くと、ベッドカバーと同じ柄のカーテンを開けた。

　目の前には、道路を挟んで、ホテルとほぼ同じ背丈らしいオフィスビルの窓があった。ブラインドをあげた窓のあちこちで、忙しげに立ち働くビジネスマンたちの姿が見える。窓を開ければ港が見えるではなくて、これでは、窓を開ければビルの窓が見えるである。

　ホテルの窓から見る眺めとしては、感激するほど良いものではないだろう。それなのに、長尾《ながお》は、何が気にいったのか、札幌に来るたびにこのホテルのこの部屋を使っていたという。

　札幌には、長尾が勤めていた会社の支社がある関係上、たびたび出張で来ていたらしい。

「どこが気にいったの？」

　いつだったかそう聞いたことがある。

「窓からの景色が、『裏窓《うらまど》』みたいで面白いんだよ。前のビルで働いている人たちの様子が、それこそヒッチコックの映画みたいによく見えるんだ。パントマイムを観《み》てるようでさ、一時間でも二時間でも飽きないな。夜なんか、照明を消して、向かいの窓を見ていると、良い暇潰しになる。テレビなんか観るよりよっぽど面白いぜ」

「嫌な趣味ね。今度から双眼鏡でも持っていったら？」

妙子は男の肩をぶった。

「それもいいね。それで偶然、殺人現場を覗《のぞ》いたりして」

長尾はそう答えて屈託なく笑った。

妙子は、窓辺に立ちながら、長尾とかわしたそんな会話を思い出していた。

殺人現場を見たりして、か。

長尾はそう言って笑った。あのときは、そんなことが現実に起こるはずがないと思っていたに違いない。だから、あんな風に無邪気に笑うことができたのだ。

しかし、それは現実に起こってしまったのである。

それも、全く逆の結果となって。

妙子は唇を噛《か》みしめて、乱暴にカーテンを閉じた。

人が死んだのは向かいのオフィスビルではなかった。こちら側だった。

「殺人現場を見たりして」と笑っていた、長尾秀明《ひであき》本人が、このホテルのこの部屋のベッドの上で、無残な刺殺死体となって発見されたのは、今から三ヵ月ほど前のことだった。

2

長尾秀明の死体が発見されたのは、七月十日の午後八時すぎだった。その日、長尾は小《お》樽《たる》で行われる同窓会に出るために、午後三時すぎにチェックインしたのだが、六時にはじまる同窓会に、八時を過ぎても長尾が現れないのを不審に思った友人がホテルに電話を入れたのだという。

その電話を受けたフロント係が、すぐに911号室に連絡を取ったが、フロントにキーはなく、出掛けた様子もないのに、何度かけても911号室の電話が取られることはなかった。

フロント係が911号室を訪ね、マスターキーで開けてみたところ、ドアには内鍵が掛けてあった。

異常事態を察したホテル側が、その鍵をなんとか壊して、中に入ってみると、ベッドの上で、両手と白いワイシャツの胸を真っ赤に染めて、絶命している長尾秀明の死体を発見したというわけだった。床には血に染まった果物ナイフが落ちていた。

警察が出した死亡推定時刻は、十日の午後四時から五時にかけて。部屋の施錠が中からされており、室内に争った形跡がなかったこと、さらに凶器のナイフの柄《え》からは長尾の指紋しか発見されなかったことなどから見て、自殺と断定された。

長尾秀明は妙子の婚約者だった。フリーの雑誌記者をしていた妙子と長尾が知り合ったのは、妙子が二十五のときだから、ちょうど今から六年前である。

知り合うきっかけは、よくある話ではあるが、友人の結婚式の披露宴だった。新郎側の大学時代の友人という触れ込みで出席していた長尾と出会って、意気投合したというか、妙子の方が一目ぼれして、翌日すぐに電話をしたのがはじまりだった。

　結婚を決めるまでの間がおよそ五年半。五年半という交際期間が、男と女を永遠に結び付けるのに必要な準備期間として、長すぎるのか、ちょうどいいのか、妙子には分からない。しかし、何度か長尾との結婚を夢見ながら、それを話題にするのを避けていたのは、妙子の方だったような気がする。長尾は妙子よりも一つ年下だった。そのことが、なんとなく妙子の心に引っ掛かっていた。

　学生時代から遊び好きで、何事にも積極的な妙子は、雑誌記者という仕事柄も手伝って、安くてうまいレストランとか、雰囲気の良いバーやパブとか、格安で行ける観光の穴場とか、長尾よりもよく知っていた。

　そのせいか、長尾は、デートや休暇旅行のセッティングはすべて妙子にまかせっきりで、自分から言い出したことは殆《ほとん》どなかった。

　性格的に、男の言いなりになることが嫌いだった妙子だが、時々、長尾のこの消極性は気になった。電話もめったに彼の方からはかからない。いつも、妙子の方からかけていた。妙子が期待しているよりも、長尾は妙子に関心がないのかもしれない。そんな風に思えて、眠れない夜もあった。

「たまには、あなたの方からしきってよ」

そう言ってみたこともある。

「苦手なんだよ。そういうの」

長尾の答えは決まっていた。

「私に振り回されてるって思ってない？」

「別に」

「そうかしら。でもめったに電話もしてくれないじゃない」

「そろそろしようかなと思ってると、必ずきみの方からかかってくるんだよ」

「…………」

ようするにこういう性格なのか。妙子はそう思い直して安堵《あんど》した。考えてみれば、「たまにはしきってよ」などと言いながら、妙子は、いわゆる「男らしさ」を周囲に撒《ま》き散《ち》らしている、「俺についてこい」型は、うっとうしくて苦手だった。自己主張の強い男とは、すぐに角突《つのつ》き合わせてそれで終わりだった。

長尾のような性格の方が、何事もじっくり考えるよりも先に行動に走ってしまう妙子には合っているのかもしれない。これが相性というものかもしれなかった。

結局、あれこれ悩んだ末に、「そういう男は、妙子の方から言い出さない限り、一生平行線だよ」と悪友に励まされたことと、三十の誕生日を目前にした焦りも手伝って、ようやくプライドを捨てる決心がついた。

冗談めいた口ぶりで、「そろそろ年貢をおさめようか」と言い出して、相手の反応を見てみた。内心気が気ではなかったが、男の返事は、彼女の口調以上にアッサリしたものだった。

「いいよ」

長尾は殆どためらう様子もなく、そう言ったのである。まるで、これからドライブでもしない、と誘ったら、気軽にオーケイしたような口ぶりだった。

「ちょっと、意味分かってるの」

言い出した妙子の方が慌てて聞き返すと、

「結婚だろ。分かってるよ」

と、長尾は当然のような顔付きで答えた。

「あ、そう」

嬉しいというより、なんだか拍子抜けした気分だった。押しても引いても開かないと思いこんでいた分厚い扉が、それこそ指先一本で軽く開いてしまったみたいなあっけなさだった。

しかし、結婚の約束はしたものの、それで長尾の態度が変わるということはなかった。相変わらず自分の方から何もしようとしない。すべて妙子にまかせっきりだった。長尾の方は既に両親ともなかったが、妙子の両親に会う段取りも、式場の手配も日取りも、新婚旅行の行き先の決定も、すべて妙子が一人で駆けずり回ってやる羽目になり、長尾はただ妙子の事後報告を聞いて、鷹揚《おうよう》に頷《うなず》くだけだった。

それでも、式の日取りが今年の九月に決まり、妙子の両親を含めて周囲がめでたさに浮足だつ頃には、妙子もじわじわと胸の奥の方から滲《し》み出《で》るような、幸せの実感というやつを味わいはじめていた。

ところが――

妙子は糸を切られたマリオネットのように、ベッドの端にストンと腰をおろした。

妙子を待っていたのは、白いウエディングドレスでも、友人たちの祝福の紙吹雪《ふぶき》でもなかった。雑誌の取材で滞在していた大阪のホテルで聞いた長尾の訃報《ふほう》だったのである。

妙子が七月九日からそのホテルに泊まっていることを知っていた妙子の母親から、十日の夜遅く、緊急の電話が入ったのだった。

「秀明さんが、札幌のホテルで自殺したらしい」

母は涙声でそう言った。

「自殺?」

妙子は聞き返した。自分の声がうつろに耳に響いた。

そのあと、母はおろおろと母の知り得たことを説明したが、妙子の耳には届かなかった。

受話器を握り締めたまま、一粒の涙もこぼさなかった。取り乱している母親に、「すぐに帰ります」と自分でも驚くほど冷静な声で言って静かに受話器を置いただけだった。

そして、あれから三ヵ月がたった。

自分の身に降りかかった悪夢のような経験。

妙子はベッドの端に腰掛けたまま、声を出さずに啜《すす》り泣《な》いた。今の妙子にはようやく涙をこぼす余裕が戻っていた。長尾の永遠の不在をやっと実感することができるようになっていた。

でも、いつまでもメソメソしていられない。

妙子は備え付けのティッシュで洟《はな》をかむと、挑《いど》むような目で鏡に映った自分の顔を見詰めた。

あなたにはやらなければならないことがあるのよ、妙子。

鏡の中の妙子がそう言っている。

そのためにここに来たんでしょう?

フロント係に変な目で見られながら、わざわざ長尾が死んだこの部屋を予約するようなことまでして。

妙子はショルダーを探って、中から封を切った封書を取り出した。

何のへんてつもない、白い定形封筒だった。

消印は小樽になっている。差出人の名前はない。都心に借りたマンションの郵便受けにこの封書がひっそりと入っていたのは、四日前のことだった。

その中から、白い紙を取り出した。何度も読み返したものだった。

もう一度確認するように、妙子は、白い紙に印字されたワープロ文に目を通した。

「長尾秀明は自殺したのではない。彼は殺されたのだ。私は犯人を知っている。十月二十九日、長尾が泊まったホテルの911号室に泊まれ。そうすれば、犯人が誰だか教えてやる」

3

今日がその十月二十九日だった。

妙子は爪を噛みながら手紙を見詰めた。

奇妙な手紙だった。

長尾を殺した犯人を知っているなら、なぜ真っ先に警察に知らせないのか。なぜ妙子のもとにこんな手紙を送ってきたのか。それに、なぜ、犯人を知るのに、長尾が死んだホテルのこの部屋でなくてはならないのか。

あまたの疑問が頭の中で渦巻いていた。

あくどい悪戯《いたずら》かもしれない。

そんな疑惑もある。

しかし、何がどうであれ、この手紙の主の言うことに従ってみよう。手紙が届いたその日に妙子はそう決心していた。手紙の主が何をどこまで知り、その知識とひきかえに妙子に何を要求するつもりにせよ、それはそのときのことだ。

あれこれ考える前に行動する。

それが妙子の信条だった。

それにしても、手紙の主はどうやって妙子に接触するつもりなのだろう。電話をかけてくるのか。それとも直接訪ねてくるつもりだろうか。その方法については、何も触れていない。

妙子は爪を噛みながら、ただ待つしかないと思った。

そう決心すると、旅の疲れを取るために、さっとシャワーを浴び、持参してきたパジャマに着替えた。ホテルに備え付けの浴衣の類いはどうも苦手で、旅行には、いつもパジャマを持参してきた。

手紙の主がなんらかの接触をしてくるまで、ベッドで仮眠を取るつもりだった。昨日の晩は一睡もしていなかったからだ。ここまで来たからには、俎《まないた》の鯉《こい》、あとは相手の出方次第だと思うと、ようやく睡魔が瞼《まぶた》を重くしはじめた。

三ヵ月前にこの部屋で起きたことなど想像もできないほど、清潔にきちんとベッドメイキングされていたが、いくら恋人とはいえ、長尾の血まみれの死体が横たわっていたベッドにもぐりこむのは、決して気持ちの良いものではなかった。

それでも毛布の中で足の先を伸ばすと、よほど疲れていたのか、すぐに前後不覚になったと思ったのもつかの間、胸に重たいものでも載せられたような息苦しさで、妙子ははっと目が覚めた。

真っ暗だった。

金縛りにあったように身体《からだ》が動かない。

妙子は一瞬自分がどこにいるのか分からず恐ろしさのあまり、悲鳴をあげそうになった。

眠っているうちに埋葬されてしまったような恐怖をおぼえた。

しかし、墨汁を流したような暗闇に目が慣れてくると、理性も戻ってきた。

夜だ。うとうとしただけで、すぐに目が覚めたと思っていたが、熟睡していたらしい。

いつのまにか夜になっていた。

そろそろとベッドのそばの照明スイッチを探り、明かりをつけた。

おぼろげな明かりに照らされた部屋は、ホテルの部屋に間違いなかった。

なんとなくほっとして、起き上がると、腕時計を眺めた。八時を少し回っていた。

四時間近く寝ていたことになる。

びっしょりと寝汗をかいている。

パジャマを脱ぎ捨てると、もう一度シャワーを浴びた。

ぐっすり眠りこんでいるうちに、手紙の主が訪ねてきたのではないだろうか。シャワーを浴びながら、そんな懸念が頭をもたげた。

ドアをノックしたくらいでは目が覚めなかったかもしれない。寝付きは良い方ではなかったが、いったん眠りに落ちると、かなり深く眠るたちである。

下着姿で浴室を出ると、フロントに電話をしてみた。誰か訪ねて来なかったかとたずねてみると、「誰も来ない」というフロント係の事務的な声が戻ってきた。

手紙の主はまだ接触をしてこない。

どういうつもりなのだろう。

受話器を置いて、妙子は鏡に映った自分に目でそう問い掛けた。

やはり悪戯にすぎなかったのだろうか。

ほっとするような、がっくりするような気分でぼんやりとベッドの端に腰をおろしていたが、そのうち、きゅるるとお腹《なか》が鳴った。

その音を聞いて、朝から何も食べていなかったことに気が付いた。喉を通ったのは、飛行機の中でサービスされたウーロン茶だけだった。

どこかで何か食べなくちゃ。

妙子は、そう考え立ち上がった。スーツに着替え、手早く化粧を直す。

ホテルの地下にレストランがあったはずだ。フロントで手渡されたキーカードの裏に、そのレストランの案内が記載されていた。

部屋を出ると、エレベーターで地下まで行った。地下のレストランで軽い夕食を済ませると、まっすぐ部屋には戻らず、フロントへ行った。

レストランにいた間に連絡が入ったかもしれないと思ったからである。神経質すぎるような気もしたが、確認せずにはいられなかった。

フロント係の答えはまたもやノーだった。

子犬のような目をした例のフロント係は、死人の出た部屋にわざわざ泊まり、しかも何度も同じことをたずねる女性客に不審の念を抱いたのか、あるいは、ただの癖なのか、薄茶の気弱そうな目を何度もしばたたかせていた。

911号室に戻った妙子は、同じ階の自動販売機から買ってきた缶ビールを飲みながら、ベッドに寝そべって、見たくもないテレビを見て時間を潰した。

時計は九時を過ぎ、十時を過ぎようとしていたが、いっこうに誰も訪ねて来ないし、常に視角の隅に入れていた電話も鳴らなかった。

時計が十一時を過ぎたとき、とうとう業《ごう》を煮《に》やして、テレビを消してベッドから起き上がると、窓辺に行き、カーテンを開けた。目の前のオフィスビルにはまだ幾つか明かりがついていた。一つだけブラインドがあがったままの窓がある。中の様子が丸見えだった。

ビジネスマン風の二人の男がテーブルに向き合うように腰掛けて、互いに何か書類のようなものに目を通していた。

長尾の言った通り、ちょっとした裏窓風景だった。

妙子は明かりの付いた窓をしばらく見ていたが、あることに気が付いた。こちらからこれだけよく見えるということは、向こうからだって、こちらの窓がよく見えるということではないだろうか。

ということは、もしかしたら手紙の主はあのビルで働く人の中にいるのではないか。

そんな考えがちらと頭をかすめたのである。長尾が死んだ日、この部屋のカーテンが開いていて、この部屋で起こったことの一部始終を、向かいのビルから目撃していた人がいたとしたら？

しかし、妙子はすぐに頭を振って、その考えを否定した。

あまりにも空想的すぎる。

それに手紙の消印は小樽になっていた。札幌ではない。手紙の主は小樽に住んでいるのではないか。

向かいの明かりの付いた窓の中で、二人の男が殆ど同時に立ち上がった。何かしゃべりながら、一人が脱いでいた上着を着ている。ようやく残業が終わったのか、帰りじたくをしているようだ。一人が窓のブラインドをおろした。

しばらくして、窓の明かりが消えた。

妙子もカーテンを閉めた。一つの決心が胸にかたまっていた。東京を出たときから、それは考えていたことではあった。

もしこのまま何の連絡も入らなかったら、明日は小樽に行ってみよう。

手紙の消印は小樽だ。手紙の主は小樽に住んでいる可能性が高い。小樽は、長尾が高校を卒業するまで居たところでもある。高校を出て東京の大学に入り、大学三年のときに父親が亡くなった関係で、小樽に独り残された母親も上京して、しばらく一緒に住んでいたが、その母親も二年前に他界したと聞いたことがある。

この手紙の主がどういうつもりで、妙子にこんなものを送ってきたか分からないが、向こうが出てこないなら、私の方から探し当ててやる。

妙子はそう思っていた。

4

翌朝は朝の七時に目が覚めた。

妙子は素早く身支度を済ませ、地下のレストランで朝食を取ると、ショルダーだけ肩から提げて部屋を出た。

フロントへ行ってキーを預ける。

「ちょっと出掛けてきます。もしかしたら、誰か訪ねてくるかもしれないけれど、夕方までには戻ると伝えてください」

例の子犬青年にそう言うと、青年は営業用の微笑を浮かべて、

「分かりました。行ってらっしゃいませ」と丁重に頭を下げた。

ホテルを出ると、急ぎ足の勤め人の群れにまじって、メインストリートを駅に向かった。

薄日がようやく射すような曇り空ではあるが、雨が降りそうな気配はなかった。

札幌から小樽までは、快速に乗れば四十分足らずである。

小樽行きの列車に乗り込むと、妙子はショルダーの中から、マッチを取り出した。「しみずや」という郷土料理店のマッチである。以前、長尾が妙子のマンションに遊びに来たときに置いていったものだった。

この店をやっている志水《しみず》という男が、長尾の高校時代の同級生で、「しみずや」が同窓会の会場でもあったという。

七月十日、長尾が午後八時を過ぎても店に現れないので、札幌のホテルに電話したのは幹事役でもあった志水だったらしい。この男に会えば、手紙の主の正体がつかめるかもしれない。あるいは、この男が手紙の主という可能性もある。

手紙の主の顔も名前も分からなかったが、小樽の消印から見て、長尾の高校時代の同級

生ではないかという疑惑を妙子ははじめから持っていた。

小樽駅に着くと、駅前から少し行った所にある、都《みやこ》通り沿いの「しみずや」を、マッチに記載された住所から探し当てた。以前、小樽には、硝子《ガラス》工房の取材の仕事で来たことがあるので、全く知らない土地ではなかった。

のれんをくぐり、準備中という札のさがった粋な格子戸を開けて、拭き掃除をしていた手伝いらしい若い女の子に、「志水さんに会いたい」と言うと、娘は、雑巾がけの手を休めずに、「主人なら今出掛けている。昼過ぎにならないと戻らない」と答えた。

妙子は腕時計を見た。午前十時を過ぎたところだった。昼すぎまでには二時間近くある。ここで待っているのもつまらないので、そのへんをブラブラして時間を潰そうとすぐに腹を決めた。

昼過ぎにまた来ると言って店を出ると、浅草通りに出た。

この大通りをまっすぐ東に歩いていけば、小樽運河にぶつかる。小樽運河沿いの散策路をブラブラ歩いて暇を潰せば、二時間くらいどうにかなりそうだった。

浅草通りを歩いて行くと、右手に重厚な煉瓦《れんが》造りのルネッサンス風の洋館が見えてきた。日本銀行小樽支店である。

浅草通り周辺や、この通りと交差して、運河に沿って伸びている色内《いろない》本通りあたりは、明治から昭和初期にかけて、北海道のウォール街などとも呼ばれ、内外貿易で栄えたこの港町の栄華を偲《しの》ばせるような、重厚な造りの洋風建築が数多く残されている。

このあたりの街並は、鉛色の空のせいかもしれないが、歴史の手垢《てあか》で黒ずんで見えた。

小樽運河に出ると、プンと懐かしい潮の香りが鼻をつく。南に行けば、以前取材したことがある北一《きたいち》硝子三号館に行き着けるが、妙子は運河沿いに歩き出した。

北方に向かって伸びる、石造りのゆったりとした散策路にはクラシックなブロンズ製のガス灯がずらりと並んでいる。

夜歩けば、ガス灯の明かりが運河の水に映《は》えて、さぞ美しい眺めだろう。

落ち葉を浮かべた濃緑色の水は、風が吹けば、魚の鱗《うろこ》のような細かいさざ波をたてた。

一羽のカモメがまるで置物みたいな恰好でガス灯のてっぺんで羽を休めている。

彼方《かなた》には鮮やかな黄色や紅で染まった山々の連なり。右手には、運河沿いに、古びた煉瓦造りや石造りの倉庫群。灰色の石の壁には真っ赤な蔦《つた》の葉《は》がびっしりと餔《はらば》っている。

左手にも、道路を挟んで倉庫群が並んでいた。瓦屋根に鯱《しゃちほこ》を載せた旧小樽倉庫は今では博物館になっていた。

観光客や修学旅行の学生たちに混じって、妙子はのんびりと石畳を歩いて行った。

「カモメを呼ぶ少女」というブロンズ像が立っているあたりで、道路を横切って、目の前に見えた小樽オルゴール堂二号館に入ってみた。

薄暗い館内には、ジュモーのからくり人形や、自動人形作家として名高い、ミッシェル・ベルトランの、ランプの灯のもとで書き物をするピエロの人形が展示してあった。

しばらくそこで時間を潰し、オルゴール堂を出ると、小樽市博物館をざっと見学し、その先にある喫茶店で軽い昼食を取った頃には、すでに一時近くになっていた。

もう志水は店に戻っているかもしれない。喫茶店で疲れた足を休めてから、妙子は来た道を「しみずや」まで戻った。

5

まだ準備中と札のかかった、「しみずや」の格子戸を再び開けると、今度はカウンターの中に、志水とおぼしき三十代の男がいた。

「すいませんね。うちは五時からなんですよ」

一見《いちげん》の客と間違えたのか、妙子を見るなり、すぐにそう言った。

体つきのがっしりした、両目の瞼がボクサー上がりのようにふさがっている男だった。

手伝いの女の子の姿が見えない。朝方訪ねてきたことを主人には伝えてくれなかったようだ。

「いえ、お客ではないんです。あの、実は、長尾秀明のことで、志水さんにお聞きしたいことがあって伺ったのですが。私はこういう者です」

妙子はそう言いながら、ショルダーから名刺入れを出した。

「長尾？」

志水の顔にはっとした色が浮かんだ。半分潰れたような目でまじまじと妙子を見詰めていたが、カウンター越しに渡した名刺をちらと眺め、

「ああ。あなたが長尾の」

と合点した顔になった。

長尾から妙子のことは聞いていたのだろう。

ややそっけなかった顔つきが、とたんに憐憫《れんびん》の色を帯びたものになった。

「あなたも大変でしたね。結婚式を目前にして、あいつがあんなことになって」

妙子は黙って目を伏せた。

「まあどうぞ。今、お茶でもいれますから」

志水はカウンターの席をすすめた。

妙子は軽く頭をさげて、椅子に座るとショルダーを肩からはずした。

「あのときは本当に驚きましたよ。自殺だなんて、いまだに信じられない」

やかんを火にかけながら、志水は猪首《いくび》を振った。

「あれから自殺の動機は分かったんですか」

妙子の方を横目で見ながら言う。

「いいえ。何も」

「それにしても、何が悲しくてわざわざ札幌まで来てホテルで自殺しなけりゃならなかったんですかねえ。しかも、あなたのような奇麗な人と結婚するはずだった男が」

志水は独り言のように呟《つぶや》いたが、

「それで私に聞きたいことというのは?」

「あのとき長尾が出席するはずだった同窓会のことで少しうかがいたいことがあるんです」

「はあ」

「長尾が同窓会に毎年顔を出すようになったのは、四年前に札幌の支社に出張していたときに、そこで同級生の一人に偶然再会したのがきっかけだったと聞いたことがあるのですが、それは本当でしょうか」

妙子は考え考えながら話した。できれば、例の手紙のことは志水には話さずに済ませたかった。

「ええ。もともと同窓会といってもそんなに仰々しいものじゃなくて、高三のときの悪友たちが、フラリと集まるだけのものだったんですよ。人数もせいぜい五、六人というところでね。当然、小樽に住んでいる者ばかりです。ところが、四年前だったかな、この集まりの常連だった峰岸《みねぎし》という男が、薄野《すすきの》の飲屋でバッタリ長尾と再会したんです。ちょうど、翌日が集まりの日だったんで、体が空くようだったら、顔を出さないかと誘ったのがきっかけだったんですよ」

「妙なことをうかがうようですが」

妙子はそう前を振ってから、

「その峰岸さんという方ですが、右手の親指の腹に、こう、刃物で切ったような疵《きず》あとがありませんか」

と、思い切って聞いてみた。

「峰岸、がですか」

志水は聞き返したが、

「右手の親指に疵があったのは長尾ですよ」

と、妙子の勘違いをただすように笑いながら付け加えた。

「たしか、中学のときに、不良にからまれていた同級生を助けようとして、相手が振り回した切り出しナイフでつけられた疵だって聞いたことがあります」

志水は思い出すような目で言った。

妙子は頷いた。それと同じことを、妙子も長尾から聞いたことがある。あれははじめて体の関係をもった夜だった。前からなんとなく気になっていた親指の疵のことを聞くと、長尾は、

『名誉の負傷さ』とかすかに笑った。

『名誉の負傷って?』

男の指の疵あとに触れながら、妙子がそうたずねると、長尾は中学のときの話をしてくれた。どちらかというと線が細くて都会的な外見をしていた長尾に、刃物を持った不良と素手で渡り合うような、そんな男っぽい一面があることを知って、妙子は内心少し驚いていた。

『もう少しで指が飛ぶところだった。ナイフの刃が骨に当たるギシっていう感触がしたから』

『嫌だ』

眉をしかめる妙子に、長尾は愉快そうに尚《なお》も言った。

『でも面白かったのは翌日だったな。学校へ行ったら、昨日おれが助けたやつが、右手の親指の同じところに包帯巻いてるんだよ。どうしたんだって聞いたら、自分で切ったって言うんだ』

『自分で切った?』

『工作用のナイフで』

『どうしてそんなこと?』

『さあ、知らないな』

長尾は何かを思い出すような含み笑いをした。

『ねえ、もしかしたら、その子、あなたのことが好きだったたんじゃない？　だから、そんなことを』

妙子はふと思い付いて言ってみた。その同級生は、長尾が負った疵の痛みを自らの指を疵つけることで自分のものにしたいと思ったのではないだろうか。

疵の共有。

そんな言葉が妙子の頭にひらめいた。

『そうかもしれない』

長尾は口の中で呟いた。

そのとき、妙子は、長尾の方もその同級生のことが好きだったのかもしれない、と直感的に感じた。

「ええ長尾にもそんな疵がありました。でも、峰岸さんにも同じような疵があったはずなんです」

妙子が言うと、志水は首をかしげながらも、

「いや、峰岸にそんな疵はありませんよ」

と、きっぱりと言った。

「本当ですか。本当に峰岸さんには指に疵がないんですか」

い」

妙子は言《い》い募《つの》った。

「嘘《うそ》なんかつきませんよ。なんなら峰岸に会いますか。ご自分の目で確かめてみたらい」

志水はややむっとした顔で言った。嘘をついているように見えない。

「それならいいんです……」

妙子は曖昧《あいまい》に首を振った。

私は何か聞き違いをしていたのだろうか。

四年前のあの日、長尾が札幌から帰ってきた足で妙子に会いに来て、彼には珍しく興奮したような顔でたしかに言ったのだ。

『札幌で懐かしいやつに会ったよ。まさかあんなところで再会するなんて思わなかった』

『誰に会ったの？』

『ほら、前に言っただろ。小樽にいた頃の同級生で、不良にからまれたのを助けてやったことがある』

『ああ、自分で指を切ったという？』

『そいつだよ。疵あとは今でも残ってた。おれと同じところに』

長尾は自分の親指を見ながらそう言った。妙に嬉しそうに。

あの直後、妙子に仕事の電話が入ったので、話はそれっきりになってしまい、札幌で再会したという同級生の名前を聞きそこねてしまった。

でもあの翌年からだった。長尾が小樽の同窓会に出るようになったのは。ということは、薄野で偶然会った峰岸という男が、長尾が助けてやった同級生、つまり、親指に疵がある男ということになるはずである。

それなのに、志水は、峰岸にはそんな疵などないという。

四年前に、長尾が札幌で再会した同級生というのは、峰岸ではなかったのだろうか。

「指の疵がどうかしたんですか」

志水は、妙なことを聞きにはるばる東京から来た女を不審そうな目付きで眺めた。

「それでは、同級生の中で長尾と同じような疵がある人はいませんか」

妙子は食い下がった。親指に疵のある男に長尾は再会したはずなのだ。その男こそ——

「いいや。私の知る限りではいませんね。それにしても、いったい、どうしてそんなことを知りたいんです」

志水はいよいよ不審そうな顔になった。これ以上話を続けるには、やはり、あの手紙のことを話さなければならないようだ。妙子は仕方なく、例の手紙をショルダーの中から取り出した。

「実は、数日前、こんなものが私のもとに届いたんです」

6

「殺された？　長尾が？」

　ワープロ文の手紙にさっと目を通した志水は信じられないという顔をした。

「だって、長尾が死んでいたホテルの部屋のドアは中から内鍵が掛けられていたっていうじゃありませんか。だから、幾つか不審な点がありながらも、結局、警察は自殺と断定したわけでしょう。あれが他殺なら、犯人はどうやって逃げたっていうんだ」

「もし他殺だとしても、ああいう状況が成り立つ場合があるんです。共犯者さえいれば」

　妙子は冷静な声で言った。

「共犯者？」

　志水は小さな目を一杯に見開いた。

「この場合、共犯者というのは、長尾本人のことです。犯人が長尾を刺したとき、ナイフは刺さったままになっていたのだと思います。長尾は犯人が逃げたあとで、自分で内鍵をかけ、ベッドに横たわってナイフを抜き取ったのではないでしょうか。即死ではなかったと聞きました。それが出来るだけの余裕はあったと思います」

「長尾が自分で鍵をかけた？　そんな馬鹿な。なぜそんなことを」

「考えられる理由はひとつだけです。彼は自分を刺した犯人をかばおうとしたのです。だから、ナイフの柄から犯人の指紋を拭《ぬぐ》い取《と》り、刺されたあともすぐに助けを呼ばなかったんです」

「そ、それじゃ、犯人というのは」

「長尾が自分の命を犠牲にしてまでかばおうとした人間としかいいようがありません」

「だ、誰です、それは」

「分かりません。ただ、私の直感にすぎませんが、一人だけ心あたりがあります。実は、この手の匿名《とくめい》の手紙を貰《もら》ったのははじめてではないんです。以前にも一度ありました。あれは長尾と婚約した直後でした。やはり、ワープロで打たれていて、『長尾はあなたを愛してはいない。彼が愛している人間は別にいる。結婚は隠れみのにすぎない』というようなことが書いてありました。たしか、消印は小樽だったと記憶しています。その手紙は破って捨ててしまったので、これと較べることはできませんが、今から思えば差出人は同じだったような気がします」

「それが親指の疵とどういう関係があるんです？」

志水はまだ納得がいかないという風にたずねた。

妙子は、昔長尾が助けた同級生が、長尾と同じような疵を自分の体に付けた話をした。

「その同級生はその頃から長尾のことが好きだったのだと思います。そして、おそらく長尾の方も。そうでなければ、ナイフを持った不良に素手で立ち向かっていくはずがありません。その二人が札幌で再会したのです」

「ちょ、ちょっと待ってくださいよ」

志水は泣き笑いのような表情を浮かべた。「相手は男なんでしょう?」

「男です」

「ということは、長尾はその男と、ホ」

と言いかけて、その言葉を口にするのも嫌だというように黙った。

「信じられない」

「でも、こう考えると、つじつまがあうんです。長尾はその同級生に惹《ひ》かれながらも、結局、女である私の方を選びました。世間並の生活の方を選んだのです。そのことが、その人物には許せなかったのかもしれません。だから、思いつめた男は、長尾が泊まっているホテルを訪ねていって、持っていたナイフで彼を刺した。たぶん、彼が泊まるホテルも部屋番号も前以《まえもっ》て知っていたのでしょう。だからフロントを通らずにすんだんです」

「この手紙を出した人物が犯人だというのですか」

志水は言った。

「私にはそう思えてなりません。親指に疵のある男。長尾と中学が一緒で、今も小樽に住んでいる男。私の考えでは、その男こそが手紙の主であり、長尾を刺した犯人だと思います」

「しかし、それなら、私たちの集まりのなかにそんな男はいませんよ。峰岸はもちろん、他の連中も、高校こそ同じでしたが、中学は長尾とは違いましたから。むろん、私もそうです。それから、この通り、指に疵なんかありません」

志水はそう言って、右手を見せた。

「なんなら、常連の住所を教えますから、訪ねてみますか。殆どがすでに家庭持ちですがね」

少し怒ったような顔で付け加えた。その顔に嘘はない、と妙子は確信した。

「いいえ。それには及びません。志水さんの話を聞いていて、私が何か勘違いをしていたのがよく分かりました。てっきり、薄野で会った同級生がその男だと思いこんでいたのですが。それに、今話したことは、すべて私の想像にすぎません。この手紙だって、誰かの悪戯にすぎないかもしれませんし。その証拠に、昨日、ずっとホテルにいましたが、手紙の主からの連絡は全くありませんでした。たぶん、誰かの悪戯だったんでしょう」

妙子は志水から手紙を返して貰うと、それをショルダーにしまった。

「私もそう思いますね」

憮然《ぶぜん》とした顔で志水はそう答えた。

7

札幌のホテルに戻ってくると、妙子はフロントに預けておいたキーを受け取った。フロントには、中林という係が独りだった。

「何かメッセージはなかった？」

たぶん何もないだろうと思いながら、一応聞くだけ聞いてみた。

「あ、ございました」

フロント係ははっと思い出したように、何かを探す仕草をした。

「え」

予期せぬ答えに妙子は目を丸くした。メッセージがあった？　手紙の主は連絡を取ってきたのだろうか。

「お客さまが出掛けられて一時間ほどして、男の方から電話がありまして、夕方お部屋に訪ねてみえるそうです」

電話を受けながらメモったのだろう。フロント係はメモを見ながら事務的な声でそう言った。

「その男の名前は？」

妙子は身を乗り出してたずねた。

「それが、うかがったのですが、おっしゃらないままに切れてしまって」

「そう。どうもありがとう」

妙子は腕時計を見た。午後三時になろうとしていた。まだ夕方というには早すぎる。部屋に戻って待つしかなかった。

エレベーターに乗って唇を嚙みしめた。あの手紙はただの悪戯ではなかったのか。そう思うと、心臓が鳴りはじめていた。

９１１号室に戻って、窓の外に夕暮れの気配が漂うまで、妙子は、五分おきに腕時計を眺め、狭い部屋のなかをうろうろ歩き回って時間を潰した。テレビをつけても、ただいたずらにチャンネルを変えるだけで、さっぱり身が入らなかった。

午後六時をすぎて、あと一分待っても誰も訪ねてこなかったら、地下のレストランに夕食を取りに行こうと決めたとき、ドアがやや控え目な叩《たた》き方でノックされた。

最初のノックはテレビの音に紛れて、よく聞こえなかった。少し間があって、再びノックの音。今度はもっと強い叩き方だった。

妙子の心臓が口から飛び出しそうに高鳴った。慌ててテレビを消した。三度めのノックがした。

来るべきときが来た。相手がどういう行動に出ようとも、もう妙子の心は決まっていた。

ドアに近付き、内鍵をはずすと、ドアを開けた。

目の前に男が立っていた。

「なんだ……」

てっきり手紙の主かと思った妙子は拍子抜けしたように呟いた。

外に立っていたのは、中林というフロント係だったからである。

手に白い封筒のようなものを持っていた。

「さきほど、フロントに男の方がみえて、これをお客さまに渡してくれと頼まれました」

「電話の男ね？」

「だと思いますが」

「それで、男は帰ったの？」

妙子はフロント係から封書を受け取りながらたずねた。

「はい」

どういうつもりなのだろう。まるで妙子と顔を合わせるのを避けているみたいだ。

「どうもありがとう」

そう言って、ドアを閉めると、すぐに封書の封を切った。白い紙が一枚入っていた。慌てそれを開いたが、紙は真っ白のままで何も書かれていなかった。

妙子の頭の中も白くなった。

これはどういうこと？

なんの悪戯？

閉めたドアにすぐ飛び付いた。あのフロント係に聞けば、この白紙の入った手紙を預けていった男の人相が分かるかもしれない。そう咄嗟《とっさ》に思い、フロント係のあとを追うつもりだった。

まだエレベーターには乗っていないだろう。

そう思って、ドアを開けると、例のフロント係はまだ立ち去らずに廊下に立っていたので、妙子は一瞬ぎょっとした。

まるで妙子がもう一度すぐにドアを開けるのを見越していたようだ。

「中は白紙だったわ。これはどういうこと？」

「さあ、私にそうおっしゃられましても。ただ預かっただけですから」

フロント係は癖のように目をしばたたかせた。

「これを預けて行った男はどんな男だった？　年は三十くらいじゃなかった？」

「ええ。そんなくらいでした」

「指に、右手の親指に疵がなかった？」

妙子がたずねると、フロント係の、男にしては白すぎる顔に微笑が浮かんだ。

「疵？」

「そうよ。こう、刃物で深く切ったような古い疵が」

「もしかしたら」

彼は自分の右手の掌《てのひら》を妙子の方に見せて言った。

「こういう疵ですか」

8

青年の右手の親指の腹には古い刃物疵があった。

妙子は呆然《ぼうぜん》としてそれを眺めていた。何も言葉がでてこない。

まさか、この男が――

キーを渡したり渡されたりしたとき、何度も見た手だった。男にしては、白い細い指だと思っていた手。

どうして気が付かなかったんだろう。それはあんなにあからさまに目の前にあったのに。

「この疵は、中学のときに工作用の小刀で切った疵なんですよ。骨にまで達していて、一生消えそうもありません」

中林は薄く笑いながら言った。

「あ、あなただったの？」

妙子の喉からようやく掠《かす》れた声が出た。

頭が急に霧でも晴れたようにクリアーになった。そうか。そういうことだったのか。今、ようやく長尾が言っていた言葉の本当の意味が分かった。

四年前、長尾は札幌から帰ってきたとき、『札幌で懐かしいやつに会ったよ。まさかあんなところで再会するなんて思わなかった』と言った。

彼の言っていた『あんなところ』というのは、薄野の飲屋ではなくて、偶然泊まったビジネスホテルのフロントだったのだ。

そう考えれば、それほど安くも快適でもないホテルなのに、彼が、札幌に来るたびにここを利用していた理由も分かる。

「あなただったのね。あの手紙を書いたのは」

「実家は小樽ですからね。そこから投函したんです」

妙子の胸をつきとばすようにして、中林は911号室の中にはいると、内鍵を閉めた。

あっと言う間もなかった。

「長尾を刺した犯人を知りたいんでしょう？　それなら、ぼくが教えてあげますよ」

中林は片手を回して、妙子の肩を抱き、優しい声で言った。

「今、犯人の姿を見せてあげます」

妙子の耳もとで囁《ささや》きながら、壁に嵌《は》め込まれた等身大のミラーの前まで行くと、金縛りにあったようになっている妙子と自分の姿を映した。

「ほら。そこに立っているでしょう。あなたの目の前に。そいつが長尾を殺したんです。この部屋で。彼から捨てられた腹いせに」

中林は鏡に向かって指さした。

妙子は大きく目を見開いて鏡の中を見つめていた。

たしかにそこに犯人の姿が映っていた。

彼女自身の姿が。

9

「ぼくはあの日、ここであなたの姿を見かけたんです。サングラスをかけ、かつらを付けていたけれど、ぼくにはあなただとピンときた。あなたの写真を長尾から見せて貰ったことがあったから」

中林は鏡の中の妙子に向かって話しかけた。首筋にひやりとするものがあてられた。ナイフだった。どこかに隠し持っていたらしい。妙子は心臓を冷たい手でつかまれるような恐怖をおぼえた。

まばたきしない男の目はふつうではなかった。子犬のような気弱そうな薄茶色の瞳に、ぽつんと針で刺したような危険な光。

「わ、私はあの日は大阪のホテルにいたのよ。札幌にいるわけがないじゃないの。長尾が死んだという知らせだって、大阪のホテルで受けたんだから」

「そんなのはアリバイにならないね。大阪から札幌まで、飛行機を使えば二時間半くらいで来れる。長尾を刺したあとで、すぐに大阪に引き返せば、夜には何食わぬ顔でホテルに戻ることも可能だ。あなたは彼がここに泊まることを知っていた。いつも911号室を取るということもね。だから、変装して直接この部屋を訪ねたんだ。そして、彼を刺した。密室になっていたのは、彼があなたをかばうために、自分で内鍵を掛けたからだ」

「どうして私が自分の婚約者を殺さなければならないのよ。私は彼と結婚することになっていたのよ」

「それがあなたの心理的なアリバイにもなっていたわけだ。でも、本当は違う。彼は一度はあなたと結婚することを決意したが、直前になって、気持ちが変わったんだ。いや、変わったというより、真実の自分を発見したというべきだ。本当は誰を一番必要としているのか、あなたとの結婚が目前に迫ってきて、彼にはようやく分かったんだよ。あなたという女はずっと彼にとって世間や自分自身を騙《だま》すための隠れみのにすぎなかったってことがね。彼はそういう欺瞞《ぎまん》に耐えられなくなったんだ。そして、とうとう、あなたに本当のことを打ち明けたはずだ」

そう。そうだった。中林の言う通りだった。式の日取りも決まり、あとはただその日が来るのを指おり数えて待てばいいだけの、そんなぎりぎりのときになって、突然、長尾は私と結婚できないと言い出したのだ。あのときのショック。底しれぬ深い穴にいきなり突き落とされたような気がした。

どうしても彼が許せなかった。長尾には、私が女として受けた屈辱の深さが何も分かっていなかった。たぶん、彼がそれを身をもって知ったのは、この部屋で私が突き出したナイフをその心臓に受けた瞬間だったに違いない。それを知ったからこそ、私の罪をかぶるために、咄嗟に、内鍵をかけたのだ。

あの夜、母からの電話を大阪のホテルで受けたとき、母が使った「自殺」という言葉は妙子を驚かせた。自殺のような状態で長尾が発見されることなど予想もしていなかったからだ。

妙子はこの札幌に犯人を探しにやってきたのではなかった。妙子が犯人であることを知っている人物を探しにやってきたのだ。手紙の主の見当はすぐについた。妙子が長尾秀明を殺す動機を持っていたことを知っていた人物。以前、長尾と婚約した直後に似たようなワープロ文の手紙を送り付けてきた男。

それは、妙子の知る限りでは一人しかいなかった。その男を探し出して、何らかの形で口を封じること。それが札幌に来た目的だった。

「なぜ警察に知らせなかったの」

妙子は首筋にあてられたナイフを見ながら言った。少し冷静さを取り戻していた。

「具体的な証拠がなかったからさ。それに、あなたがつかまったところで長尾が戻ってくるわけじゃない」

この男は疑惑しか持っていなかったのだ。何も証拠はつかんではいない。妙子は素早く頭を働かせた。

大阪と札幌を往復した飛行機の切符はむろん偽名で取ったし、万が一、警察に調べられても致命的な証拠は出て来ないはずだ。妙子が長尾を殺す動機を持っていたことを知っていたのは、この男しかいない。

しかもナイフを持ち出してきたのは相手の方だ。この状況で反撃に出れば正当防衛が成り立つに違いない。それに、この男は本気だ。本気で妙子を殺すつもりだ。それは殺気だった目の色で分かった。彼女にできることは一つしかなかった。

「私をどうするつもり？」

「さあ、どうしようかな」

「私を殺すの？　そんなことをしたら、あなたは刑務所行きよ」

「それでもかまわないさ」

「ねえ、ちょっと待って。馬鹿なことは考えないで。もう少し冷静に話し合いましょうよ」

「何を話し合うんだ？」

中林はあざ笑うように言った。

「あなたの運命はもう決まってるんだよ」

「それじゃ、せめて、その前に水を飲ませて。喉がカラカラなのよ」

「末期《まつご》の水《みず》ってわけか」

案の定、首筋にあてられていたナイフの切っ先が離れた。今だ。妙子は右肘《みぎひじ》で中林のみぞおちのあたりを思い切り突き、相手がひるんだすきに、間髪《かんはつ》をいれず、手刀で男の手からナイフを払った。二十代の頃、護身用に空手を習ったことがある。身体が半ば本能的に動いていた。

床に落ちたナイフを素早く拾うと、それを両手で持って、みぞおちのあたりを押えながらくの字に身体を折り曲げている男に体ごとぶつかっていた。

長尾を刺したときと全く同じ感触が両手に伝わった。

男の身体が離れたとき、胸にはナイフの柄が深々と突き刺さっていた。

中林の目から殺意が消えていた。はじめて見たときの子犬のような気弱な目になっていた。

「あなたが長尾を殺したのよ。それを私に知られて、私も殺そうとした。だから、私は夢中で」

警察に言うべき説明をリハーサルするように、妙子は唾《つば》をとばしてしゃべった。

「分かっていたよ……」

血の気のひいた端整な顔に中林は不思議な微笑を浮かべた。それは、なんというか、この世のものではないような笑顔だった。

「あなたがこうするだろうってことは。空手を習ったことがあるんだってね。だから、ナイフを突き付けて脅《おど》せば、あなたのことだ、きっと死にもの狂いで反撃に出るだろうって思った」

こうなることは分かっていた？

妙子は自分の耳を疑った。

これは全部仕組まれたことだったの？

なぜ。

なんのために。

そのとき、ふいに、昔、妙子の頭をよぎった言葉が再び稲妻のように脳裏を走った。

疵の共有。

同じ痛みをわかちあうこと。

長尾の死体を発見したのは、この男だったのだ。彼はベッドの上に横たわった長尾秀明の死体の胸に刻まれていた疵を見たに違いない。

狂い咲きの死人花のような疵を。

そして、その疵に魅せられたのだ。

中林はドアにもたれるようにして、自分の手で刺さったナイフを抜き取った。鮮血が小気味よい勢いで噴き出し、彼の制服の胸と手を真っ赤に染めた。

「自分ではどうしてもできなかったんだ……」

ドアにもたれた背中でずるずると崩れ落ちながら、中林の目は光を失っていった。

妙子は悲鳴をあげるのも忘れて、男の胸に付けられた真新しい疵をボンヤリと見つめていた。

人《ひと》影《かげ》花《ばな》

ふと見ると、庭の椿が四つほど花をつけていた。照り輝く青葉に、八重に重なる真紅の花弁が目にしみるようだ。

「椿が咲いたね」

私は庭に出ていた三雲《みくも》に声をかけた。

「うん。朝見たときは三つしか咲いていなかったんだが、いつのまにか——」

三雲は振り向かずにそう言った。背後に足音を聞いた。ふすまをカラリと開ける音。ひとみが茶菓を持って入ってきたのだ。

「人影花というのは、本当なのかな」

背後の気配をなんとなく気にしながら、そんなことを口にしてみると、三雲が車椅子を器用に操って振り向いた。

「ひとかげばなって」

不思議そうな顔をする。

「椿のことをそう呼ぶんだそうだ」

「へえ、なぜ」

「なんでも、そこにいる人の数だけ、花を咲かせるからだとか。ものの本にそう書いてあった」

私は、ある昔話のことを話した。鬼に妻を奪われた男が、妻を取り返しに行く話である。男は鬼の住み家に行き、妻に再会するが、逃げる前に鬼が帰ってきてしまう。妻は慌てて夫を隠す。ところが、鬼は、一つ増えていた椿の花を見て、誰か隠れているのではないかと疑う。妻は夫を助けるために、とっさに「妊娠したのよ」と嘘《うそ》をつき、喜んだ鬼が酔って寝てしまったすきに、隠れていた夫が鬼を殺して、妻を奪い返すという話である。

「へえ」

三雲ははじめて聞いたという顔をした。こんな顔をすると、童顔がいよいよ子供じみて見える。

「迷信でしょ、どうせ」

ひとみの白けたような声がした。

「でも、昔から椿には不思議な力があると言われて、土地によっては神樹として崇《あが》められてきたことは確かだよ」

私はひとみの顔を見ないで言った。

「しかし、だとすると、数が合わないな」

三雲が言った。

「ここにいるのは三人だが、花の数は四つ。一つ多い」

「だから、迷信なのよ」

ひとみが笑った。

「もしかしたら――」

三雲は悪戯《いたずら》を思い付いた悪童のような顔つきになると、ひとみの方を見て、「おまえのおなかの中にもう一人隠れているんじゃないのか」と言った。

私はドキリとして、思わずひとみの顔を見た。心なしか、ひとみの頰《ほお》が引き攣《つ》ったような気がした。

三雲は私から聞いた昔話からの連想で、あんな冗談――いささかあくどすぎる冗談を言ったのだろうが……。

「そんなことがないことくらい、あなたが一番よく知ってるくせに」

ひとみは突き放すような声で言った。三雲はちょっと傷付いたような表情をしてそっぽを向くと、小さな声で呟《つぶや》いた。

「おれが知らない間にってことだってあるさ」

その声がひとみの耳まで届いたかどうかは分からない。しかし、私の耳には、確かにそう聞こえた。

三雲康明《やすあき》は私の中学時代からの親友だった。ともに幼稚園から大学までエスカレーター式に行ける、ある私立大学を出ていた。

ひとみは私の五歳下の妹で、三雲の妻である。もっとも、妹といっても、異母妹で、母親は京都の芸妓だったが、ひとみが九つのときに病死した。それ以来、ひとみは私の家に引き取られて育った。

マリンスポーツが好きだった三雲が、その頃凝っていた水上スキーの最中に、バランスを崩して転倒し、首の骨を折る大怪我《おおけが》をしたのが三年前の夏のことである。

水の表面張力というのは、想像以上に凄《すご》いものらしく、水面に叩《たた》きつけられたときのショックを、まるでコンクリートの壁に激突したようだったと、三雲は口がきけるようになってから語った。

幸い、命だけは助かり、首から下はすべて麻痺《まひ》していた体が、その後のリハビリのおかげで、上半身はなんとか元に戻ったものの、下半身の麻痺はとうとう治らなかった。車椅子を手放せない生活がもう三年も続いている。

いかにもスポーツマンらしく、冬でも日に焼け、筋骨たくましかった三雲の体は、上半身だけは昔のままだったが、腰から下はまるで別人の体を取ってつけたように痛ましく萎《な》えていた。

事故が起きたとき、まだ結婚して一年足らずだったことから、子供も作っていなかった。奇跡でも起こらない限り、これからもその可能性はないだろうと三雲は私に告白したことがある。

「その男だが」

不機嫌な顔でそっぽを向いていた三雲がふいに独り言のように言った。

「鬼から女房を取り戻したあと、どうなったんだろうな」

「そりゃ、めでたしめでたしってとこだろう」

私が何気なく言うと、彼は奇妙な目付きで私の方を見た。

「そうかな。果して、そう簡単にめでたしめでたしといくかな」

薄笑いを浮かべてそう言った。

「だって、鬼は殺され、女房は戻ってきたわけだから――」

「でもさ、その女房は鬼と寝てたわけだよな」

三雲はポツンと言った。

「え」

「だって、そうだろ。その女、咄嗟《とっさ》の機転で、椿の花が一つ増えていたのは、『妊娠したからよ』って言ったんだろ。それを聞いて鬼は喜んだ。妊娠するってことは、女は、鬼にただつかまっていたわけじゃない。妊娠しても不思議じゃないことを鬼としていたってことじゃないか」

「……」

そう言われてみればそうだ。たわいもない昔話だからと読み流してしまったが、この話の状況を現代にあてはめてみれば、暴漢に妻が拉致監禁されていたようなもので、生きて戻ってきたからと言って、夫としては手放しで喜べないものがあるに違いない。

「鬼は退治されたかもしれないが、もっと恐ろしい鬼が住み着いたんじゃないのかな。刀や槍《やり》では退治できない、そんな恐ろしい鬼がさ」

三雲は薄笑いを浮かべたまま、なぜか、私ではなく、ひとみの方を見ながらそう言った。

「男の心の中にね……」

＊

もしかしたら、聡江が私に言ったことは本当だったのではないか。三雲の家を出て、うちへ帰る道すがら、私はそんな疑惑に囚《とら》われた。しかも、三雲はそれを知っている。だから、あんなことを遠回しにほのめかしたのではないか。

妻の聡江が、「ひとみさん、子供ができたんじゃないかしら」と言い出したのは、三日前のことだった。聡江は今妊娠六カ月で、ある産婦人科の世話になっていたのだが、いつもの定期検診に訪れた折り、ひとみがその病院から出てくるのを見てしまったというのだ。

一瞬、目が合ったはずなのに、ひとみは挨拶もせず、顔をそむけるようにして足早に立ち去ったという。

　聡江も三雲の事故のことは知っていたから、まさかと思いながらも、追いすがって問いただすわけにもいかず、そのまま病院に入ったというのだが……。

「本当にひとみだったのか」

　私は念を押した。

「間違いないと思うわ」

　聡江は確信ありげに頷《うなず》いた。ひとみとは何度か会っているから、人間違いということはなさそうだった。

「産婦人科に行ったからといって、なにも妊娠とか言うんじゃないかもしれない。何か婦人科の世話になるような女性特有の病気にでも罹《かか》っていたのかもしれないし」

　べつに妹をかばうつもりではなかったが、私がそう言うと、聡江はかぶりを振った。

「だったら、挨拶くらいしてもよさそうなものじゃない。何も疚《やま》しいところがないなら。でも、ひとみさんのあのときの様子、変だったわ。なんだか、こう、人目を避けるような感じで……」

　妻の一言が気になって、私はブラリと立ち寄った振りをして、三雲の家を訪ねたのだった。三雲の家は私の家から歩いて行ける距離にあった。しかし、いくら妹でも、面と向かって訊《き》くわけにはいかない事柄だった。どうしようかと思案していたとき、ちょうど庭の椿が目に入ったのだ。椿の花は四つ咲いていた。私の頭にある考えがひらめいた。椿の花をだしにして、ひとみの反応を窺《うかが》う良い方法を……。

やはり、妻の言ったとおり、ひとみは身ごもっているのではないか。あの話をもちかけたときの、妹の、微妙な動揺を私は感じ取っていた。

しかも、それだけじゃない。三雲もそのことに薄々気が付いているのではないか。

しかし、たとえそうだったとしても、私にはどうすることもできない。もし、ひとみが三雲との生活をこのまま続けたいと思っているのなら、腹の子はこっそりと始末するだろうし、子供を生みたいと思っているのなら、三雲と別れることになるかもしれない。

それはひとみの、いや、ひとみと三雲の決めることであって、いくら兄であり親友であるからといって、私が口を出してどうこうなるものでもないという気もした。

それに、私は一度、それとなくひとみに三雲と別れることを勧めたことがあるのだ。三雲があの事故を起こして、下半身の麻痺は一生治らないかもしれないと知らされたときである。

三雲は大学を出て証券マンをしていたが、事故に遭ってからは、会社も辞め、自宅でブラブラする毎日を送っていた。といって、生活のことを心配したのではない。会社勤めをやめても、大地主の家に生まれた彼には、親が遺《のこ》してくれた広大な土地があり、そこに建てたマンションやら事務所やらの家賃収入で、日々の生活にはそれほど困らないからである。

私が心配したのは、むしろ、二人の夫婦生活のことだった。長年連れ添い、すでに子もなした夫婦ならともかく、半身不随になってしまった夫の世話をするだけの結婚生活を続けるには、ひとみは若すぎると思った。あまりにも不憫《ふびん》な気がした。

三雲の方も、新妻も顧みず、マリンスポーツに夢中になったあげくにしでかしたことだから、いわば自業自得というもので、ひとみが別れたいというのなら、黙って離婚届けに判を押すと言っていた。それが本心だとは思わなかったが、このさいだから、そうした方がいい、三雲と別れて家に帰っておいでと私はひとみに言った。

しかし、結局、ひとみは三雲とは別れなかった。さすがに京女の血をひいているだけのことはある。見るからに華奢《きゃしゃ》で、ちょっと強い風が吹けばよろけそうな身体《からだ》つきをしているくせに、柳に雪折れなしというか、芯に勁《つよ》いものを持っている女だった。

ひとみが三雲と別れなかったのは、それほど三雲を愛していたからか、あるいは、その頃には私も既に妻帯していて、実家に帰りづらいものがあったのか、何かほかに理由があったのか、いまだによく分からない。

ただ、この三年という年月は、ひとみが考えていたよりは、はるかに苛酷な年月だったのではないかと推測することはできた。この三年の間の妹の異様な痩せ方が私にそう思わせた。

三雲との間に破局が迫っている。私は直感的にそう感じた。

そして、私の予感は的中した。とりあえず、この問題はもう少し静観して様子を見ようと思っていた矢先だった。私は三雲から突然電話を貰った。三雲の家を訪ねてから五日ほどたった夜のことだった。

ひとみが置き手紙を残して家を出たのだという。三雲の声は沈んでいた。私は受話器を置くと、すぐに三雲の家に向かった。

＊

三雲から見せられたひとみの置き手紙は、拍子抜けするほどそっけなかった。たった一枚の便箋《びんせん》に、「もうあなたと暮らすことはできません。探さないで下さい。離婚届けはあとで送ります。さようなら。ひとみ」とだけしか書いてなかった。家を出て行く理由も何も書かれてはいなかった。ただ、ひとみがこれを書いたのは間違いない。やや癖のある妹の字だった。

「起きたら、食卓の上にそれが置いてあったんだよ。どうも、朝早くに出て行ったらしい」

三雲は暗い目をして、ボソリとそう言った。

「何があったんだ」

私は便箋から目をあげると尋《たず》ねた。

「何もないよ」

三雲は憮然《ぶぜん》とした表情で答えた。

「青天の霹靂《へきれき》とはこのことだ。口喧嘩《くちげんか》ひとつしてないのに、突然、荷物をまとめて出て行ったんだ」

「何もないのに出ていくわけがないだろう。おまえ、まさかまた——」

うっかりそう言いかけて、私は慌てて口をとざした。

「おれの浮気が原因ってわけはないしな」

三雲は私が口にしかけたことを敏感に察したらしく、口を歪《ゆが》めてそう言った。

前にも一度、ひとみがこんな置き手紙を残して家出をしたことがあった。結婚して半年くらいたった頃だろうか。原因は三雲の浮気だった。ひとみと結婚する前から付き合いのあった、ある酒場のホステスとまだ切れていなかったことを知ったひとみが、それに怒って、家を出たのである。

「理由があるとしたら、今度はあいつの方だな」

三雲はそう言った。何か心あたりでもあるような口ぶりだった。

「心あたりでもあるのか」

そう聞いてみた。

「そういうわけじゃないが、なんとなくね」

「なんとなくって――」

「男、じゃないかと思う」

「男？」

私がはっとすると、三雲は目を光らせて逆に聞いてきた。

「気が付かなかったか」

「なにを」

「妊娠したんじゃないかと思うんだ」

「ひとみが？」

私はやっぱりと思いながらも、驚いた振りをした。

「それで、たぶん、男のもとに行ったんじゃないかと……」

「妊娠したって、ひとみがそう言ったのか」

「まさか」

三雲は薄く笑った。

「それじゃ、どうして……」

むろん、体型の変化から気が付いたはずはない。妊娠したといっても、せいぜい二カ月

か三カ月くらいのはずだった。外から見ただけでは分からない。つわりに襲われていると
ころでも見たのだろうか。

「干してなかったんだよ」

三雲は重たい口をようやく開くように言った。

「ほしてなかった？」

私は意味が分からず聞き返した。

「ほら、月のものが来たとき、女って特別な下着をつけるだろう？」

三雲は私の顔は見ずに、言いにくそうにそう言った。

え、と私は思った。妻のことを即座に思い浮かべてみたが、よく分からない。干してあ
る洗濯物をしみじみ眺めるような暇も趣味も私にはなかった。

「そうなのか」

「なんだ、知らないのか」

「気にしたことないから」

「こう、ちょっといつも付けてるのとは違うんだよ」

三雲は複雑な表情で、身振りを加えた。

「それが干してなかったんだ。だいたい干す時期は決まってるんだよ。だけど、先月は一
度も干してなかった。今月になってからも、一度も。ということは、先月から使わなかっ

たってことで、使わなかったたってことは――」

私はようやく三雲が何を言わんとしているのか理解した。理解したあとで、呆《あき》れた。呆れたあとで、少し怖くなった。

三雲は子供の頃から、よく言えば快活で男っぽい、悪く言えばデリケートさに欠けるところがあった。妻帯しても、妻の髪形の変化にも気付かないくちだなと密《ひそ》かに思っていた。実際、ひとみがそんなようなことを愚痴《ぐち》っていたのを聞いたことがある。

それほど、女性的な細々したことには関心を持たなかった男が、妻の特別な下着がその月干してあったかどうか、じっと観察していたということが、私には呆れたというか怖くなった。

変わったたな。しみじみそう思った。事故に遭ってからの三雲の肉体の変化はいやでも目についたが、性格というか、心の変わりようをあらためて見せつけられた思いがした。元気な頃の彼なら、妻の下着のことなんて、頭の片隅をよぎることさえなかったのではないか。それが、今では、そのことが彼の頭の一部――もしかしたら、かなりの部分を――占めているのではないかと想像するのは、私にはやり切れなかった。

「誰か心あたりないか」

三雲が尋ねた。

「え」

私は我にかえった。

「相手の男だよ。ひとみから何か聞いてないか」

「聞いてるわけないだろ」

私は即座に言い返した。

「聡江さんからは？　女同士なら、相談くらいしたかもしれない。何か聞いてないか」

三雲はなおも追及した。

「さあ。なにも……」

私は、聡江から聞いた話を三雲にしようかどうしようかと一瞬迷った。できれば口にしたくなかった。聡江とひとみは、仲が悪いというほどではなかったが、あまり良いとも言えない。それに、ひとみは、相手が兄だろうが兄嫁だろうが、自分の隠し事を打ち明け、相談するようなタイプではなかった。だいたい、三雲と婚約したときだって、私には何の相談もなかった。三雲の口から聞かされて驚いたくらいだった。ひとみは、密かに決心し、密かに行動する。そういうタイプの女だった。

「それで、どうするつもりだ」

私はそれ以上の質問をかわすために、こちらから質問した。

「仕方ないから少し待ってみるよ。前のときみたいに、一週間くらいでフラリと帰ってくるかもしれないだろう。騒ぎたてたら、あいつも帰りにくくなるだろうし」

「そうだな」

「それで、もし、帰ってこなかったら――離婚届だけを送ってきたら、おれは黙ってそれに判を押して役所に出すよ」

「それでいいのか」

「そうするしかないだろう。もしかすると、妊娠したというのはこっちの考えすぎで、これといって理由はないのかもしれない。こんな尼さんみたいな生活、ひとみにはもう限界だったのかもしれないな」

三雲は溜息《ためいき》をついた。私は何も言えなかった。

「だから、きみもしばらくそっとしておいてくれないか。ひとみがどこへ行ったか探し出そうなんて気を起こさずに。たとえ、男と逃げたとしても、おれはあいつを責めないよ。とっくに別れてもよかったのに、この三年間よく尽くしてくれたからね。むしろ感謝したいくらいだよ……」

「おまえがそう言うなら」

私としてはそう言うしかなかった。どちらにせよ、三雲の言う通り、しばらくは待つしかないと思った。ひとみが半身不随の夫を放り出して、男と逃げたとは思わなかったが、どこへ行ったにせよ、いずれ、落ち着いたら連絡をしてくれると思ったからだ。

「呼びつけて悪かったな。本当は黙っていようかとも思ったんだ。でも、もしこのまま、ひとみが帰ってこなかったら、おまえも心配すると思ってな。相談してよかったよ」

三雲はそう言ってようやく笑顔を見せた。私はほっとした。

「そうか」

「今、お茶でもいれるよ」

三雲は車椅子を操って台所の方へ行った。

私は煙草《たばこ》を取り出して一服つけながら、見るともなく、庭の方を見た。椿の花は今日は三つしか咲いていなかった。

やっぱり迷信か、と思った。今、この家には私と三雲しかいない。それなのに、椿の花はまた一つ多く咲いていた。

人の数だけ咲く人影花だなんて、迷信だな。

煙とともにそう呟いてみた。

三雲が盆を持って戻ってきた。私は三雲の差し出した湯呑を黙って受け取り、口に運んだ。口をつけた途端、あれと思った。まずかった。悪いお茶っぱを使ったのかなと一瞬思った。あるいは、いれ方が悪かったのか。が、そうではないとすぐに思い直した。水だ。水が違う。水がまずいのだ。カルキ臭い。

「これ、水道の水か」

私は一口飲んだだけで湯呑を置いた。

「わかるか」

三雲はやや上目遣いで私を見た。

「井戸水はどうしたんだ。まさか涸《か》れたわけじゃないだろう」

三雲の家には、古い井戸があって、それは今でも使われていた。井戸水は、水道のカルキ臭い水とは比べものにならないくらいにうまかった。だから、洗い物や何かには水道の水を使っても、飲み水用には井戸水をいつも使っているようだった。この前、ひとみが出してくれたお茶も井戸水だった。

「涸れたわけじゃないが、井戸まで行くのが億劫《おっくう》になってね」

三雲は私の顔から視線をそらせてそう言った。

「それなら、どうせ来たついでだ。おれが汲《く》んできてやるよ」

私はそう言って立ち上がった。体の不自由な三雲では、井戸の水を汲み上げるのも一苦労だろうと思ったからだ。

「いや、いいよ」

しかし、三雲は血相を変えて断った。

「遠慮することないさ」

私が行きかけると、三雲は突然大声を張りあげた。

「おまえ、おれが体が不自由だと思って馬鹿にしてるのかっ」

私はぽかんとした。

「なに、言ってるんだ」

「井戸水も汲み上げられないと思ってるんだ」

　三雲は何がそんなに気に触ったのか、目をギラギラさせてそうどなった。豹変《ひょうへん》といってもいい、突然の変わりようだった。

「そんなこと言ってないよ。ただ、どうせ来たついでだから――」

「おまえは本当はおれを哀れんでいるんだろう。馬鹿にしてるんだ。井戸水一杯汲み上げられない役立たずだと。女房に逃げられた哀れなやつだと」

「そんなこと言ってないじゃないか」

「腹の中で思ってるんだ。そうだ。馬鹿にしてるんだ。哀れんでるんだ。おまえは何をやってもおれには勝てなかった。勉強だってスポーツだって、いつもおれに負けてたじゃないか。ずっと悔しい思いをしてきたんだろう。だから、おれがこんな体になって、内心、ざまあみろと思ってるんじゃないのか。これで、ようやくおれに勝てたつもりでいるんだろう」

三雲は口の端に泡をためて、突然、口汚く私を罵《ののし》りはじめた。私はただただ唖然《あぜん》としていた。そんな私の態度がよけい彼をいらだたせたのか、そのうち、口だけでは足りずに、そばにあったものを手当り次第、私に向かって投げ付けた。そして、しまいには、「もう帰ってくれ」と吐き捨てて、プイと奥に引っ込んでしまった。

私は怒るというよりも、あっけに取られたまま、三雲の家から逃げるように出てきた。

＊

その夜、寝床に入っても、なかなか寝付かれなかった。三雲の態度が理解できなかった。井戸水を汲んできてやると言ったことが、なぜ、あれほど彼を激高させたのか、私にはさっぱり分からない。もともと気まぐれで我がままなところのある男ではあったが、理由もなく怒り出すようなことは、私の知る限りではなかった。

それに、奇妙に思えるのはそれだけではない。三雲はどちらかといえばグルメに属する方で、口にするものに関してはうるさいところがあった。体の自由が利いた頃は、どこかにうまい店があると聞けば、飛行機に飛び乗ってでも食べに行くようなところがあった。そんな男が、家の裏庭の隅に設けた井戸に行くのが億劫だと言う。どうも納得がいかない。

三雲の家の井戸は、釣るべを巻き上げて、中の水を汲み上げるようになっていた。

彼が言った通り、下半身は不自由でも、上半身は今までどおり鍛えているようだから、車椅子を使えば、井戸水を汲み上げることくらい、昔のようにらくらくとまではいかなくても、やってできないことではない。

それなのに――

私はあっと思った。もしかしたら、彼は芝居をしたのではないか。そんな考えが頭にひらめいたのだ。

怒ったような芝居をしたのではないか。

なぜ。

私を井戸に行かせたくなかったからだ。

なぜ、井戸に行かせたくなかったのだ。

それは――

そのとき、私の頭に別のひらめきが生じた。あの置き手紙。ひとみが残していったという置き手紙。あれは、本当に、今朝、ひとみが書いたものなのだろうか。筆跡から見れば、ひとみの字に似ていた。でも、ひとみの字を真似《まね》て、三雲が書いたとも考えられる。

いや、それよりも――

あれは、前にひとみが家出したときに残していった置き手紙だったのではないか。そういえば、便箋はやや古くなっていたような気がする。それに、そう考えると、出て行く理由も書かれていない、木で鼻をくくったようなそっけない文面も納得がいくではないか。あのとき、ひとみは三雲の浮気を知って腹をたてていた。だから、あんなそっけない置き手紙を残して家を出たのだ。三雲はあのときの手紙を取っておいたのではないか。それを、さも今朝見付けたような振りをして、私に見せた……。

でも、なぜだ。

なぜ、そんな振りをする必要がある？

私は思わず胃のあたりを押えた。喉もとから酸っぱいものがこみあげてきた。

それは——

ひとみが自分の意志で出て行ったように見せ掛けるためだ。

ということは、ひとみはあの家から出てはいないということか。

ひとみは家出などしていない。あの家の中にいるのだ。そうだ。だから、椿の花の数は三つだったのだ。あれで正しかったんだ。ひとみはあの家の中にいる。

ひとみは——

私はがばと布団から跳ね起きた。

もういても立ってもいられなかった。三雲があんな芝居までして、私を井戸に行かせまいとしたのは、あの井戸の中に私に見られたくないものがあるからだ。

しかし——

半身不随の三雲にそんな真似ができるだろうか。いや、できる。何か口実をもうけて、ひとみを井戸のそばに立たせればいい。そして、中を覗《のぞ》きこませる。そうだ。たとえば、井戸の中に何か落としたとでも嘘をついて。何も知らないひとみは、身を乗り出して、井戸の中を覗きこむ。その背中をどんと一つ押せばいい。あるいは、両足をつかんで掬《すく》いあげるか。下半身の不自由な男でも可能な方法だった。

ひとみはまだ生きている。椿の花がそれを教えていた。でも、おそらく、転落したショックで気を失っているか、酷《ひど》い怪我でもしているに違いない。声を出して助けも呼べないほどの怪我を。

花は三つしか咲いていなかった。ひとみの中で育ちつつあった命は、転落したショックで失われたのかもしれない。

でも、ひとみはまだ生きている。あの暗い井戸の底で、自分の流した血に浸り、虫の息で……。

私はパジャマのまま、慌てて懐中電灯を探した。物音で起きてきた聡江が、目をこすりながら、「どうかしたの」とたずねたが、答えられなかった。

恐ろしい想像と疑惑で口の中がからからに乾いていた。

＊

パジャマの上にコートを引っ掛けただけの恰好で、私は三雲の家の裏口に手をかけた。そっと引いてみると、戸が開いた。錠をかけ忘れたらしい。裏口から中に入ってみると、家の窓には明かりはひとつも灯《とも》っていなかった。三雲は寝ているのだ。ひとみを冷たく暗い井戸の底に突き落としたまま、あの男は平然と――

私は体が震えるような怒りをおぼえたが、井戸の中を改めるのが先だった。それに、まだ自分で自分の思い付いたことが信じられなかった。あの三雲に、こんな残酷なことができるとは思えなかった。でも、半身不随になってからの彼の性格は変わってしまった。もう私が知っている彼ではなくなっているのかもしれない。

あたり一面に墨を流したような闇の中を、私は懐中電灯の明かりだけを頼りに進んだ。井戸の所まで来ると、井戸の縁に駆け寄り、小声で妹の名前を呼んだ。何度も呼んだが、返事はない。ほっとすると同時にぞっとした。すべては私の妄想ではないかと思うと同時に、ひとみの力はついに尽きたのではないかとも思えたからだ。

井戸の中に身を乗り出し、懐中電灯の光を下の方にあてた。光の輪が弱くてよく見えない。丸く暗い鏡のような水面が見える。人の姿らしきものは見えなかった。ひとみはいないのか。それとも力尽きて沈んでしまったのか。

私は身を乗り出し、妹の名前を呼びながら、狂ったように懐中電灯の光をあちこちに動かした――

と、そのとき、「そんな所で何してるんだ」という声が背後からかかった。振り向くと、いつの間にか、車椅子に腰掛けた三雲がいた。

「何してるんだ」

三雲は能面のような表情のない顔で私を見詰めたまま繰り返した。

「おまえ――まさか、この井戸の中に」

私は怒りと恐怖で喘《あえ》ぎながら言った。

「井戸の中がどうしたんだ」

三雲は静かな声で聞き返した。

「この中にひとみを――」

「ひとみをどうしたって？」

三雲はせせら笑うように言った。

「突き落としたんじゃないのか」

私は一息にそう言った。

「突き落とす？」

三雲は裏返ったような声をあげた。

「ひとみは自分から家を出たんじゃない。あの置き手紙は前に書いたものだ。今朝、書いたものじゃない。おまえがひとみを突き落としたんだ。この井戸の中に」

「どうして」

「どうしてって――」

あのことを知ったからだ。だから、ひとみを……。しかし、それは声にはならなかった。

「どうして、おれがひとみを殺そうとしたと思ったんだ」

三雲は執拗《しつよう》に繰り返した。

「それは」

そう言いかけたとき、塀の向こうで車の停まる音がした。続いて、バタンとドアの閉まるような音。「ごくろう様」という女の声。細いがよく通る声だった。その声を聞いて、私ははっとした。

タクシーらしき車の立ち去る気配とともに、女の影が裏口を開けて入ってきた。

女はすぐに私たちに気が付くと、ぎょっとしたように立ち止まった。

「何してるの」

闇に白い顔をポッカリと浮き上がらせて、女はそう言った。

＊

「ひとみ？」

私は阿呆のように立ち尽くしたまま、ようやく声を出した。

「兄さん？」

ひとみの方も驚いたようだった。口を開けたまま立っている。

「何してるの、こんな所で」

ひとみは赤いコート姿で手にボストンバッグのようなものを持っていた。驚いたような顔で、私と三雲を交互に見比べている。

「早かったじゃないか」

三雲がごく普段の声で言った。早かったじゃないか？　これが家出して戻ってきた妻に言う言葉だろうか。

「最終の新幹線になんとか間に合ったものだから――ねえ、それより、二人ともこんな所で何をしてるの」

「お、おまえこそ、どこへ行ってたんだ。おれは三雲からおまえが家出したって聞かされて――」

私は言った。

「家出？」

きょとんとする。

「そうだよ。今朝がた、置き手紙だけ残して出て行ったたって」

「冗談じゃないわ。あたし、京都に行ってきたのよ」

「きょうと？」

私はぽかんとした。

「昨日は母さんの命日だったんですもの。お墓参りに行ってきたのよ」

あ、と思った。そういえば、ひとみの母親が亡くなったのは、たしか――

「しかし、三雲が」

私はうろたえて三雲の方を見た。ひとみもいぶかしげに夫を見る。

「あなた、これは一体どういうこと。家出しただなんて――」

三雲は肩を震わせて笑っていた。私はそんな彼の様子を見て、もしかしたらと思った。

一杯食わされたのか。

「まあ、立ち話もなんだから、中に入ろう」

三雲はまだ笑いながら、そう言うと、車椅子を操ってさっさと中に入った。しかたなく私も後に従った。部屋の明かりの下で、私の恰好を見るなり、三雲は、呆れたように言った。

「なんだ、おまえ、パジャマのままで」

私は急に恥ずかしくなって、コートの前を掻《か》き合わせた。

「あ、あれは全部嘘だったのか」

どうやら、すべては三雲の悪ふざけだったらしいと、ようやく気が付いた私は、かっとしてどなった。

「まあそう怒るなよ。悪気はなかったんだ。ちょっとおまえの推理力を試してみただけだよ。しかし、そんな恰好で井戸を探りに来たところを見ると、おまえも満更馬鹿でもないんだなあ」

三雲はまだおかしそうに笑っていた。私にだしたお茶のことも、ひとみが書いた昔の置き手紙のことも、すべて、三雲が私にあんな邪推をさせるためにわざとしたことだと分かった。

考えてみれば、子供の頃から、こういうひねった悪ふざけが三度の飯よりも好きな男だった。あんな妄想を抱く前に、そのことをちらとでも思い返すべきだったと、私は自分の馬鹿さかげんを呪いたくなった。

三雲の度をすぎた悪ふざけには腹がたって仕方がなかったが、それも次第に苦笑になった。ひとみが無事だったことを知って、とりあえず胸を撫《な》でおろしていた。それに、家出の件も三雲の作り話だとすると、夫婦仲は私が危惧《きぐ》したほど険悪なものではなさそうだった。

一つ気になるのは、聡江が言っていたことだったが――

「でも、おまえも悪いんだぜ」

三雲は、ひとみが京土産《みやげ》だといって買ってきた和菓子の包みを、子供のような性急さで破きながら言った。

「おれが悪い？　それはどういう意味だ」

　私はむっとして聞き返した。

「聡江さんから聞いたことをおれに隠していたからさ」

　三雲は餅菓子にむしゃぶりつきながら言った。私の心臓がドキンと一つ打った。

「聡江から聞いたことって――」

　私は白っぱくれた。ほっとしたのもつかの間、冷汗が脇の下を流れそうになった。三雲はやはり気が付いていたのか。

「ひとみが産婦人科から出てきたってことだよ。おれには黙っていただろう。友達甲斐《がい》のないやつだ」

　三雲はしゃあしゃあとした顔でそう言ってのけた。私は心臓の縮む思いで、ひとみの方を盗み見た。しかし、ひとみは背中を向けていたので、表情までは読み取れなかった。

「だ、誰からそれを」

　私は口ごもりながら尋ねた。

「聡江さんからだよ。わざわざ電話で教えてくれたんだ。今日、産婦人科でひとみさんとバッタリ出会ったけれど、顔色が悪かったわ。どこか悪いんじゃないのって心配してくれてね……」

　聡江のやつ。私は唇を噛《か》んだ。よりにもよって三雲にあの話をしていたとは。もともと、聡江は三雲のマリンスポーツ仲間だった。三雲はひとみと付き合いはじめた頃、そのお返しというわけでもないだろうが、聡江を私に紹介してくれたのだ。私は、もしかしたら、三雲はひとみと一緒になりたくて、関係のあった聡江を私に押し付けたのではないかと疑ったことがある。いまだにその真相は分からない。

「他の病院ならともかく、産婦人科と聞いて、おれはびっくりした。まさかと思って、ひとみに聞いてみたんだ。産婦人科へなんか、何しに行ったんだって」

三雲は餅菓子の餡《あん》を口の端につけながら、平然とした顔で言った。しかし、私が驚いたのは、くるりとこちらを振り向いたときのひとみの顔だった。三雲以上に平然としている。誰の話をしているのかというような涼しい顔をしていた。

「ひとみ。きみの口から兄さんに説明してやれよ。人のいい兄さんは、きみがどこかの男の子供でも孕《はら》んだんじゃないかって、気が気じゃなかっただろうからね」

三雲は薄笑いを浮かべながら、ひとみの方を見た。

「厭《いや》だわ。聡江さんに出くわしたときから、もしかしたら、そんな誤解をされるんじゃないかと思ってたけれど。兄さんもあたしがどこかの男の子供でも身ごもったと思ってたの」

ひとみは眉をひそめ、軽く睨《にら》むようにして、私をじっと見詰めた。その顔は、興福寺の阿修羅《あしゅら》像に少し似ていた。私は目をそらした。

「違うのよ。うちへ帰ったら、聡江さんにもよく言っておいて。妊娠したのは、あたしじゃなくって——」

ひとみはある少女の名前を言った。その少女の名前に聞き覚えがあった。私の遠い親戚にあたる娘だ。ひとみのことを姉のように慕っていた。たしか、今年、高校生になったばかりだった。

「だって、あの子、まだ高校生じゃないか」

私はあのおとなしそうな顔の娘のことを思い出しながら、思わず言った。

「だから困るのよ。どうもボーイフレンドの子供らしいんだけれどね。親にも言えなくて、あたしに相談してきたのよ。結局手術することにしたんだけれど、その当日になって、一人じゃ怖いって言うものだから、あたしが病院までついていってあげたのよ。手術が終わって、しばらく休んでいくというものだから、あたしだけ先に出てきたの。そのとき、間が悪いことに、バッタリ、聡江さんと出くわしてしまったというわけ。あんな状況じゃ、誤解されても仕方ないわよね。でも、まさか、あの娘のことも言えないしね。聡江さんの口から親の耳にでも入ったら大変だから。それで、知らん顔して通り過ぎてしまったってわけ——」

ひとみはかすかに笑いながら説明した。

「なんだ、そうだったのか」

私はそう答えた。納得したように、私も笑ってみせた。むろん、それがひとみの嘘だということを知っていた。いくら、私がお人よしでも、こんな嘘に騙《だま》されるほど馬鹿ではなかった。

三雲はひとみの話を信じたのだろうか。無心に餅菓子を口に運んでいる彼の顔をちらと見た。おそらく、彼もひとみの話を信じてはいまい。信じたような振りをしているだけだ。そして、たぶん、ひとみもそのことを知っているのだろう。三雲も私も彼女の話を全く信じてはいないということを。知っていながら、なおも平然と嘘をつき通しているのだろう。

虚偽と真実は闇に紛れて、すでに明確な境目を失っていた。

もしかすると、ひとみは、もはや、自分が嘘をついているという意識すらないのかもしれない、とふと思った。口にしたことだけが彼女の中で真実になる――

そして、三雲も……。彼はただの悪ふざけのつもりで、あんなことを私にしたのだろうか。それとも……。

私は夜の庭に目を移した。窓ガラスに私たち三人の顔が映っていた。三人とも楽しそうに笑っていた。その三つの顔の向こうに、庭園灯に照らし出された椿の花が浮かびあがっている。私たちの顔に重なるように、花も三つ。はじめて数が合ったと思った。

私はひとみの中にほんの数カ月だけ宿っていた小さな命のことを思った。おそらく、墓参りを口実に、京都の病院でこっそり葬ってきたらしい命のことを。

これがひとみが密かに出した結論だとしたら、私にはどうすることもできない。

その小さな命が赤い花になって、ポトリと闇のはざまに落ちていく光景がふと瞼《まぶた》に浮かんだ。私の子供が赤い椿の花になって……。

ペシミスト

ノックの音がした。

書斎でパソコンに向かっていた小島《こじま》が、「なんだ」と聞くと、ドアの向こうから、「早坂《はやさか》さんがおみえですよ」と妻の声がした。

早坂は、小島の高校時代からの親友だった。

「わかった。すぐに行くから」

小島はそう答えると、パソコンの電源スイッチを切った。書斎を出て、階下にある応接間に行くと、早坂が暗い顔をしてソファに座っていた。

「十八年も勤めた会社が倒産して失業。おまけに、それが原因で妻とは離婚。この年で、こんな惨《みじ》めな思いをする男が他にあろうか」

早坂は、小島の顔を見るなり、情けない声で言った。

「そう嘆くなよ。人生は長いんだ。また新しい仕事を見つけて、素晴らしい女性とめぐりあうこともあるさ」

小島はお義理のような慰め方をした。

「また仕事を見つけて、素晴らしい女性にめぐり会うだと？　君は他人ごとだと思って、そんな呑気《のんき》なことが言えるんだ。一体、俺を幾つだと思ってるんだ？」

　早坂は、友人の気楽な言い草に憤然として声をあららげた。

「だから、まだ四十だろ」

「まだ？　冗談じゃない。もう四十だよ！」

「ほらほら、そういう考え方がきみの悪いところだよ。いつもそうやって、物事を悲観的にとらえようとする。いいかい？　人生八十年の御時世なんだぜ。四十といえば、人生のやっと半《なか》ばに達しただけじゃないか。あとまだ四十年も残っているのだ。やり直すのに、決して遅すぎるという年じゃない」

「し、しかし……」

「大体、僕なんか、君が羨《うらや》ましいくらいだよ」

「羨ましい？」

　早坂は驚いて目を剝《む》いた。

「だって、そうじゃないか。見方を変えれば、失業も離婚も、新しい生活に入るための絶好のチャンスじゃないか。僕など、今の仕事や家庭を捨てて、新しい生活をしてみたいと望んだとしても、それは叶《かな》わぬ夢なんだからね。少ないながらも社員を抱えている身だ。自分だけの都合で彼らを放り出すわけにはいかない。家庭だってそうさ。古女房に飽きたからって、畳を取り替えるようなわけにはいかないのだ。その点、君なんか、これから何の障害も束縛もなく、新しいことができるんだからね、羨ましい限りだよ」

「そ、そんな考え方もあったのか……」

「そうだよ。きみは昔からペシミストの気があったからな。それが駄目なんだ。何でも考えようだぜ。なるべく楽天的に考えるようにするんだね。そうすれば、幸運もむこうからやってくるさ」

「そんなものだろうか」

「そんなものさ。くよくよしてもはじまらない」

「それもそうだな。俺はどうも悲観的に考え過ぎていたのかもしれないな。生まれ変わった気持ちでやれば、なんとかなるかもしれない」

早坂の目にかすかに希望の輝きのようなものが宿りはじめていた。

「その調子、その調子。なんてったって、まだ四十年もあるんだから」

「そうだよな。まだ四十年もあるんだよな」

「それが分かったら、景気づけに一杯やろうじゃないか。君の新しい門出を祝って。とっておきのやつがあるんだよ」

小島はそう言って立ち上がると、サイドボードを開けて、最高級ブランデーの瓶《びん》を大切そうに取り出した。

「しかし、持つべきものは友人だな。君の話を聞いて、なんだかやる気が出てきたよ」

明るい表情を取り戻した早坂が言った。

「そう言って貰《もら》えると嬉《うれ》しいね。さあ、グーといって」

「よし。今夜は飲むぞ」

早坂はブランデーグラスにちょっぴり注がれた酒を一気に飲み干すと、「これは旨《うま》い！」と唸《うな》り、「もう一杯」とグラスを突き出した。小島はややたじろぎながらも、笑って、酒を注ぎ足した。

こうして、二人の酒盛りがはじまって、小一時間もした頃、

「おい、そろそろ、お開きにしようか。あ、あんまり飲むと、からだに障《さわ》るぜ」

小島は、友人の豪快な飲みっぷりに恐れをなして、青い顔で言い出した。

「なんだってエ。まだ半分も残ってるじゃないか」

すでに酔っ払っている早坂は、ボトルを抱き締めて離そうとはしない。小島はそんな友人から必死の思いでボトルを奪い返すと、悲鳴のような声をあげた。

「冗談じゃない。もう半分しかないじゃないか！」

もういいかい……

「おい……」

カウンターの隅《すみ》っこで、独《ひと》り、うつむいて焼酎をちびりちびりとなめるように飲んでいた老人が、突然顔をあげて私の方を見た。

「今、聞こえなかったか」

「何です?」

私は洗い物の手をとめた。

店には、私と老人しかいなかった。

「声だよ。子供の声で、もういいかいって……」

「子供の声なんて……」

私は苦笑した。今、何時だと思っているのだ。午前一時をとっくにまわっている。こんな時間に外で鬼ごっこをしている子供なんぞいるわけがない。

おまけに今日は朝から雨だ。聞こえるのは、降り続く雨音と、時折、往来を行き来する車の音だけだった。

「聞こえませんよ」

「そうか。あんたには聞こえなかったのか。あの声が……」

老人は生気のない声で呟《つぶや》いた。

その老人が私の店に来るようになったのは、一年ほど前からだった。いつも決まった時間にやって来て、カウンターの隅っこに居座《いすわ》り、コップ一杯の焼酎を何時間もかけて飲みほすと、閉店まぎわになって、ようやく神輿《みこし》をあげた。

あまり有り難《あ》《がた》い客ではなかったが、騒ぐでもなくからむでもなく、いつも一人でぽつねんとしていたので、忙しくなると、ついその存在を忘れてしまうこともあった。

どこの誰かは知らない。常連に聞いても見たことのない顔だと言っていた。この辺の人ではないらしい。

もっとも、老人といっても、総白髪《しらが》と猫背のせいでそう見えるだけで、実際はもっと若いのかもしれなかった。まだ五十そこそこではないかという常連もいた。

「あれは……吉川《よしかわ》の声だ。吉川が今も俺たちを探しているんだ……」

老人は独りごとのようにぼそっと言った。

「誰です、吉川というのは？」

私は聞いた。

「吉川雅彦《まさひこ》……東京から来た転校生だった」

老人は遠いところを見るような目でぽつんと言った。

「俺はあいつがねたましかったんだ。勉強もできるし、格好も良いし、女の子に人気があった。だから、俺はちょっと、ほんのちょっと、あいつをからかってやろうと思ったんだ。あのとき……俺は……」

老人はまるで自分自身に話しかけるように訥々《とつとつ》と喋《しゃべ》りはじめた。老人が身の上話をするのははじめてだった。私はつい耳を傾けてしまった。

それは、老人の小学校時代の思い出話だった。老人の生まれは、ある片田舎《かたいなか》の村だった。そんな村の小学校に一人の転校生がやってきた。勉強ができて都会的な容貌をもったその少年は、先生や女の子の受けがよかった。

老人を含めた数人の悪がき仲間たちはそれが面白《おもしろ》くなかった。転校生に嫉妬《しっと》のようなものを感じていた。

「吉川をからかってやろう」と最初に言い出したのは老人だった。

ある日の放課後、悪がき仲間たちは、吉川雅彦を神社の境内《けいだい》に呼び出して、「鬼ごっこ」をしようと誘った。吉川少年は喜んで仲間になった。悪がきたちは、鬼の役を人の好《い》い吉川少年におしつけた。

「……あいつが神社の杉の木のところで後ろ向きになって数を数えはじめると、俺たちは隠れた振りをして、さっさと家に帰ってきてしまった……。

俺の家は神社のすぐ近くにあったから、やがて、あいつの『もういいかい』というかん高い声が家の中まで聞こえてきた。俺は家の中で忍び笑いを漏《も》らしていた。あいつが血《ち》眼《まなこ》になって探しても誰もいやしない。みんな、さっさと自分の家に帰ってしまったんだからな。それも知らないで、うろうろ俺たちを探し回る間抜けな姿を想像して俺は笑いころげた。

そのうちあたりが暗くなってきて、ガラス窓にぽつぽつという音がしたかと思うと、雨が降ってきた。雨はやがて激しくなった。俺は吉川のことなどすぐに忘れてしまった、雨も降ってきたし、あいつもようやくからかわれていたことに気が付いて、家に帰っただろうと思っていた。いつものように夕飯を食べて、風呂に入って寝てしまった。

そして、翌日、何食わぬ顔で学校に行くと、吉川の席が空白だった……」

老人は暗い声で話し続けた。

「担任の話では、吉川は高熱を出して入院したということだった。昨夜、夜になっても帰ってこない息子《むすこ》のことを心配した両親が探し回ったあげく、あの神社の社《やしろ》の中でびしょ濡《ぬ》れになって気を失っていたあいつを発見したのだという。すぐに病院にかつぎ込まれたが、結局、あいつは意識が戻らないまま二日後に病院で亡くなった。

あいつは帰らなかったのだ。あたりが暗くなっても、雨が降ってきても、俺たちがどこかに隠れていると思い込んで、いつまでも探し続けていたんだ。もともと喘息《ぜんそく》の持病をもった身体の弱いやつだった。だから、都会から空気の奇麗なこの村に引っ越してきたのだと後になって知った。

吉川の葬式のとき、吉川の母親が言っていた。男の子の友達ができないことをいつも寂《さび》しがっていたと。家にランドセルを置きにきたとき、ようやく俺たちの仲間に入れて貰《もら》えたとはしゃいでいたと。息を引き取る間際まで、『もういいかい』とうわ言のように言い続けていたと……」

老人はすでに空《から》になったコップを口まで持っていきかけた。私は黙って焼酎を注ぎ足した。

「それからだよ。あいつの声が聞こえるようになったのは。人込みの中にいても、一人でいても、どこからともなく聞こえて来るのだ。『もういいかい』って。あの澄んだかん高い声が……。

周りの者には聞こえないらしい。俺にしか聞こえないみたいだ。幻聴というやつかな……。

最初にハッキリと聞こえたのは、俺が大学受験に失敗した年だった。合格発表を見に行った帰り道、一人でとぼとぼ歩いていたら、ふいにあいつの声がした。『もういいかい』って。次に聞こえたのは、就職して、結婚まで考えていた女に振られた日だった。西日の射すアパートに酔い潰《つぶ》れて大の字になっていたら、あいつの声がした。『もういいかい』……。

何かに失敗したり、つまずいたりするたびにあいつの声がどこからともなく聞こえてくるんだよ。最初の子供が事故で死んだときも、後輩が先に課長になった日も、二十年勤めた会社が倒産したときも、長年連れ添った女房に先立たれたときも、あいつの声がした。そして……一年前、女房が死んでから男手ひとつで育てあげた娘が嫁に行った夜も……。誰もいなくなった家にあいつの声が響き渡った。『もういいかい』って……。最近、やたらと聞こえるんだよ。あいつの声が。朝起きてから夜寝るまで、あいつのかん高い声が耳について離れないんだ。『もういいかい』『もういいかい』って。『何がもういいんだ？』ってどなり返しそうになったこともある。でも……」

老人は顔をあげてにやりと意味不明の笑いを口元に浮かべた。

「なんだか疲れたよ。あいつの声から逃げ回ることに。『もういいよ』って答えてやりたくなった……。『もういいから捕《つか》まえに来い、俺はここにいる』って……」

老人はそう言って、カウンターの上の、染《し》みだらけの自分の手を見つめて黙っていたが、やがて、腕時計を見て、「お、もうこんな時間か」と呟くと、どっこいしょと腰をあげた。のろのろとした動作で勘定を払い、疲れたひきずるような足取りで出て行った。外に出るとき、「また来るよ」というように、前を向いたまま片手を挙げた。

しかし、それっきり老人は店には現われなかった。

あれから半年が過ぎたが、二度と老人は姿を見せなかった。

ただ……。

老人があの思い出話をした日の翌日、常連の一人がこんなことを言っていたことを時折思い出すことがある。

「あの爺《じい》さん……ほら、隅っこでいつも一人で飲んでる爺さんさ。昼間、橋のところですれ違ったぜ。なんか孫みたいな男の子と手をつないで楽しそうに歩いていたな。橋を渡りきったところで振り返ったらもういなかったけどね……」

鳥の巣

風呂《ふろ》から出てくると、部屋の電話が鳴っていた。

私は髪をタオルで拭《ふ》きながら受話器を取った。

「もしもし、石川ですが」

「よう。佳織《かおり》か」

聞き覚えのある男の声だった。しかし、誰だか思い出せない。それにしても、呼び捨てとは馴《な》れ馴《な》れしい。

「どなたですか」

私は冷たい声を装ってたずねた。

「おれだよ。おれ」

「………………」

「なんだ。もう忘れちまったのか。薄情なやつだなあ。おれだってば」

あ、思い出した。この若干東北訛《なま》りのあるイントネーション。たしか、この声は、大学時代の悪友、蓮見茂之《はすみしげゆき》の声だ。

「蓮見君？」

「やっと思い出したか」

「蓮見君かあ。元気？」

「まあね。おたくは」

「まあまあってとこ。卒業コンパ以来じゃない」

「野村とはまだつるんでるらしいな」

「彼女とは小学校から一緒だから。腐れ縁ってやつよ」

「その野村から聞いたんだけどさ、今年も就職浪人なんだって」

「そうなんだよ」

私は憂鬱《ゆううつ》な気分で答えた。女子学生の空前の就職難は当分続きそうだった。

「それで、今何やってるんだ」

「うちの手伝い」

渋々答える。

「うちって、何やってたっけ」

「本屋」

「店番やってるのか」

「まあそんなとこ」

「へえ、そりゃ忙しそうだな」

皮肉か、それは。

「そっちはどうなの。勤め先、どこだって言ったっけ」

「某生命保険会社だよ」

「よかったね。男に生まれたばかりに、私より成績悪かったのに、ちゃんと就職できて」

「それは皮肉か」

さっきのお返しだよ。

こんな調子で、学生時代の友人と、しばらく近況報告などしあっていたが、そのうち、蓮見がふと言った。

「おまえ、今度のゴールデンウイークあいてるか」

今は四月の半ばである。

「ゴールデンウイークのいつ？」

「いつでもいいけど」

「ちょっと待って」

私はスケジュールを見る振りをした。真っ白けの手帳をめくる音をわざとたてて、

「三日からなら空いてるけど」

もったいぶって、そう答えると、

「山中湖に行かないか」

「山中湖？」

「あそこの近くにうちの会社のリゾートマンションがあるんだよ。そのマンションってのが、ほら、おととしさ——」

と蓮見は何か言いかけ、急に思い直したように、

「ま、いいか。とにかく、そこに泊まれば、宿泊代ロハで遊べるぜ」

「他に誰か来るの」

蓮見と二人っきりというのはまずいな、と思いながらたずねると、

「天野《あまの》に声かけたよ」

やはり大学時代の悪友の名前を言った。

「彼、行くって？」

「うん。それと野村も来るって。これから前田にも声かけてみるつもりだ」

「そう。みんな行くのか。それじゃ、私も行こうかな」

「ぜひ来いよ。おれたちは二日の夜には向こうに行ってるから。車で来るのか」

「そのつもりだけど」

「だったらね——」

蓮見はリゾートマンションまでの道順を簡単に説明した。私は受話器を肩にはさむと、ちょうど持っていた手帳にそれを書き留める。

「分かった」

「ハイム山中湖って看板の出た白い四階建てのマンションだから」

ハイム山中湖？　ふと聞き覚えのある名前だと思った。前にどこかで聞いたような……。

「たぶん２０１号室に泊まってると思う。留守だったら、勝手に入ってろよ」

「オーケー」

「じゃな」

「じゃ」

電話は切れた。

私は切れた電話を見詰めながら、さっき蓮見は何を言いかけてやめたのだろうと思った。

「そのマンションってのが、ほら、おとしさ――」

そう言いかけて、思い直したように蓮見はやめた。そのことが少し気になっていた。しかし、私は久し振りに大学時代の友人たちに会える喜びで、そのことはすぐに忘れてしまった。

＊

国道１３８号線を忍野《おしの》入り口で左手に入り、四、五十メートル行ったところに、なるほど、蓮見の言った通り、「ハイム山中湖」と看板の出た、四階建ての白いコンクリート造りの建物が建っていた。

国道をはさんで南に富士を望み、近くには山中湖が控えている。

某生命保険会社の保養施設のひとつで、休暇には、社員やその家族が利用できるようになっているという。

五月三日。

めざす建物が見えてきたので、少しほっとして、車のスピードを落とした。胸のあたりが鉛でも飲んだように重苦しかった。

渋滞に巻き込まれて、国道をかたつむりのようにのろのろと這《は》ってきた疲れが、着いたと分かったとたんにどっと出たのかもしれない。

デジタル時計を見ると、すでに午後三時をすぎている。この前の電話では、蓮見は二日の夜には、こちらに来ていると言っていた。

リゾートマンションは築二十年はたっていると聞いていたが、それほど古びた感じはしなかった。

ただ、保養施設というわりには、あまり利用されていないのか、七十戸あるというマンションの窓には、人のいるような気配は感じられなかった。どの窓もカーテンがしまっている。

しかし、駐車スペースには、既に一台、国産の小豆色《あずき》の車が停まっていた。やはり蓮見が来ているのだ。私はそう思った。

車を停め、シートベルトをはずすと、荷物を取りに後部トランクに回った。トランクをもちあげようとしたとき、ふいに胸苦しさをおぼえた。

胸を押えてその場にうずくまった。私には心臓に持病があった。ひどく疲れたり、興奮したりすると、しばしば心臓発作に襲われた。

しばらく発作とは疎遠になっていたので、少しうろたえてしまった。落ち着け、落ち着け。薬さえ飲めば発作はおさまる。自分にそう言い聞かせて薬を出そうとした。

トランクの中じゃない。すぐに取り出せるように、ショルダーバッグの中に入れてきたはずだ。

私は心臓を押え、よろめきながら、運転席に戻った。助手席にほうり出してあったショルダーバッグを開けて中を探った。しかし、どんなに手探りしても、錠剤を入れたケースが見付からなかった。

ない！

そんな馬鹿な。いつ発作が起きるか分からないから、いつも持ち歩いている。家を出るとき、ちゃんとこのバッグに入れたはずだった。

たしかにこのバッグに——と思いかけて、あっと叫びそうになった。

このバッグじゃない。出がけに靴の色になんとなく合わない気がして、前の晩に用意したバッグをこれに替えたことを思い出した。そのとき、財布や小物類は全部移したのに、小ポケットに入れておいた薬のケースだけは移し忘れたことを思い出したのだ。

薬はあのバッグの中だ。

なんということ！

薬がないと分かると、私の心臓はよけいパニックを起こした。痛みというより、ひどい呼吸困難に襲われて、息ができなくなった。

なにもかもが冷たくなっていく。足の先から手の指の先まで。氷の中に閉じ込められたような感覚になりながら、次第に意識が遠のいていくのを感じていた。

ちらと見ると、マンションの一階の窓のカーテンがかすかに揺らいで、人の顔が覗《のぞ》いたような気がした。さっきまで人の気配の全くなかった窓に。

しかし、助けを呼ぶ声も出なかった。

ああ、このまま死ぬのかもしれない。

私は薄れていく意識の中で、妙に冷静にそう思っていた。

＊

「どうかされましたか」

天から降ってきたような女性の声に、私ははっと我にかえった。気が付くと、運転席に俯《うつぶ》せに寝そべっていた。ジーンズをはいていたからいいようなものの、二十三になる若い女が人前で取るポーズではない。

「気分でも悪いのですか」

今度は右肩に人の手が置かれた感触があった。意識と感覚がだんだん戻ってきた。冷え切っていたつま先や手の指に血が戻るのがハッキリと自分でも分かった。

助かったのか。

咄嗟《とっさ》にそう感じた。

のろのろと身体《からだ》を起こす。乱れた髪を掻《か》きあげながら、見ると、クリーム色のタートルネックのセーターを着た、四十年配の小柄な女性が心配そうな顔つきで私の方に身をかがめていた。

「大丈夫？　窓から見たら、あなたの様子がおかしかったものだから」

その女性は言った。

窓から見たら？

そういえば、一階の窓のカーテンが少し揺れて、人の顔が覗いたように見えたのを、薄れていく意識の片すみでとらえていたことを思い出した。

「もう大丈夫です。ちょっと心臓が悪いもので」

私はようやくそれだけ言った。

しゃべるのはまだしんどかったが、倒れる直前の絶望的な気分に比べると、だいぶ楽になっていた。とにかく呼吸が出来るというのは嬉《うれ》しいことだ。空気がこんなにうまいと感じたのも久し振りだった。

「顔が真っ青ですよ」

女性の顔から心配そうな色は消えなかった。

「ほんとうに大丈夫です。あの、管理人さんですか」

私は無理にほほえんでそうたずねた。蓮見から、一階に管理人夫婦が住み着いていると聞いていたので、てっきりそうかと思ったのだ。

「いいえ――」

女性は首を振った。

そうじゃない？　ということは、この女性もマンションの利用客ということか。

私は声をかけてくれた女性に礼を言うと、再びトランクを開けて荷物を取り出した。マンションのエントランスに入ると、例の女性も後ろからついてきた。蓮見から、確か部屋は201号室だと聞いていた。

「ずいぶん静かなんですね」

私はそれとなくさっきの女性に話しかけた。管理人室の小窓もしまったままで、管理人らしき姿も見えない。ロビーはしんと静まり返っていた。

「ええ。私たちしかいないもんですから。夜なんかちょっと怖いくらいですよ」

女性はそう答えた。

私は女性を見た。

私たちしかいない？

それはどういう意味だろう。私たちというのは、誰をさしているのだ。この女性と蓮見だけという意味だろうか。

「子供たちもつまらながってるんですよ。他のおたくがまだ誰も来てないもんだから」

女性はそう続けて愛想笑いをした。

他のおたくが誰も来ていない……？

「あの、こちらの社員の方ですか」

私は聞いてみた。

「ええ、主人が」

女性はそう答え、「あなたも？」とたずねた。

「あ、いいえ。友達がここの社員なんです」

「あらそうなの」

「二日から泊まってるっていうんで訪ねてきたんです」

「二日から泊まってる？」

女性は怪訝《けげん》そうな顔をした。

「ええ。蓮見というんですが」

私は立ち止まって女性の顔をまともに見た。なんとなく厭《いや》な予感がしていた。

「変ね。私たちも二日から泊まってますけれど、他にはどなたも来てませんよ」

女性は首を振った。実直そうな顔で、嘘《うそ》をついているようには見えなかった。

「え」

私は口を開けた。

ということは、蓮見はまだ来ていないのか。

「あの、私たちというのは？」

念のために聞いてみた。

「ですから、うちの家族ですけど」

蓮見のやつめ。私は腹の中で舌打ちした。「二日の夜には来ているから」なんて調子のいいことを言って、まだ来ていないのだ。学生のときから、割りといいかげんなところのあるやつだった。今更ながら、そのことを思い出して、私は愕然《がくぜん》とした。

「あの、管理人さんは？」

しかたない。管理人に訳を言って、２０１号室の鍵《かぎ》を開けて貰《もら》うしかなかった。

「それが朝から出掛けられたみたいで、今日は一度も会ってないんですよ」

女性はそう答えた。

「えー。そうなんですか。困っちゃったな」

私は頭を掻いた。

「しかたありません。また出直してきます」

溜息《ためいき》をついてそう言った。どこかで暇を潰《つぶ》して蓮見か管理人が帰ってくるのを待つしかなかった。

「出直すって？」

女性は気づかわしげな顔で私を見た。

「まあ、山中湖あたりをドライブして、もう一度来てみます」

「どちらからいらしたんですか」

「東京ですけど」

「それじゃ、渋滞で大変だったでしょう」

「ええまあ」

「唇の色がまだ悪いですよ。無理しない方がいいんじゃありませんか」

たしかにその通りだった。気分はだいぶ落ち着いたとはいえ、まだ胸の奥がざわめいていた。できれば、部屋の中でゆっくり休みたかった。それに、心臓の薬を持ってこなかったとなると、なるべく安静にしていた方がいい。そうは思ったが、蓮見がいないのでは、出直す以外に方法はないようだった。

そう思案していると、

「よろしかったら、お友達がいらっしゃるまでうちで休んでいかれたらいかがですか」

女性がふいにそう言った。

「え。でも、そんなのご迷惑じゃありませんか」

「いいえ。ちっとも。今、主人も子供たちも山中湖にボート乗りに行ってるんですよ。わたしはボートは酔ってしまってだめだから留守番していたんですけど、一人でちょっと退屈してたの。話し相手になってくださいな」

女性は嬉しそうに言った。言葉遣いも、いつのまにかくだけたものになっていた。感じの悪い人ではなかった。

「それなら、お言葉に甘えて」

渡りに船とばかりに、私はそう答えた。

＊

「さあ、どうぞ」

　１０３号室のドアを開けて、その女性は私を中に促した。

　十畳ほどありそうなリビング兼ダイニングルームのテーブルには古新聞を敷いたさやえんどうの山があった。

　室内には、椎茸《しいたけ》を甘く煮付けたような匂《にお》いが漂っている。

「あ、あの、私、石川佳織と言います」

　まだ自己紹介をしていなかったことに気が付いて、私は慌ててそう言った。

「浜野和子《はまのかずこ》です――疲れてるようでしたら、お布団敷きましょうか」

　浜野和子は言った。

「いえいえ、もうほんとに大丈夫ですから」

　私は両手を振って辞退した。遠慮したわけではなかった。気分は嘘のように良くなっていた。

「佳織さんは学生さん？」

　和子は台所にたって、ケトルをコンロにかけながらたずねた。

レノマのポロシャツにスリムのカラージーンズをはいた私の恰好《かっこう》からそう判断したのだろうか。

「いえ、その、就職浪人です」

「あら、立ってないで、お座りになったら」

突っ立っている私を振りかえって、和子は笑いながら言った。

見回すとソファとダイニングチェアがある。ちょっと迷った末に、私はより台所に近いダイニングチェアの方に座った。なぜかこの方が落ち着くのだ。

しばらく、私の大学のことや、今年の就職状況のことなど話していたが、そのうち話題がなくなった。

「ご家族は何人なんですか」

さほど興味はなかったが、少し沈黙が続いたので、しかたなく、話の継ぎ穂として、私はそうたずねてみた。

浜野和子は専業主婦風に見えた。としたら、やっぱり家族の話題しかないだろうなと思ったのだ。

「私を入れて五人」

台所から戻ってくると、和子はさっきまで座っていたらしい椅子《いす》に座った。私とダイニングテーブルを挟んで向き合うことになった。

「主人と主人の母と、高三になる娘と小六の息子《むすこ》」

和子は歌うような口調で、さやえんどうのすじを取りながら言った。

「私も手伝います」

私はさやえんどうの山に手を出した。何かしていた方が気詰まりでなくていい。さやえんどうのすじむきなんて、話をしながらするには最適の手仕事だった。

「今日は五目ごはんにしようと思って。家族の日のお夕飯はこれと決めているの。うち中が好きだから」

聞きもしないのに、和子はさやえんどうの使い道を話してくれた。

「家族の日？」

私が聞き返すと、

「ええ。今日は家族の日。五月三日はうちでは家族の日なのよ。この日だけは、何が、あっても、家族が揃《そろ》ってごはんを食べる日。私が勝手に決めたんだけれど」

「はあ、そうなんですか」

私は適当に相槌《あいづち》をうった。また話題がなくなってしまった。

しばらく沈黙が続いた。和子が何を思ったか、ガタンと椅子をひいて立ち上がった。リビングの方へ行ったかと思うと、リビングテーブルに置いてあった写真立てを持って戻ってきた。

「これが私の家族」

写真立てを私の方に押し付けた。私は内心やれやれと思った。そのうち、分厚いアルバムでも出してくるんじゃないかと思ったからだ。

しかたなく写真に目をやると、なるほど五人の老若男女が写っていた。四十年配の黒ぶちの眼鏡《めがね》をかけたきまじめそうな中年男が夫だろうか。

真っ白になった髪を幼女のようにおかっぱに切り揃えた老女が姑《しゅうとめ》で、ヨットパーカーのポケットに両手を突っ込んで今にも噴き出しそうな顔をしているのが長女。野球帽をはすに被《かぶ》って、Vサインをしている腕白そうなのが長男らしかった。

和子は家族の名前も教えてくれた。夫の名が友博《ともひろ》。姑はタエ。長女が美加《みか》で、長男が友《とも》彦《ひこ》。

写真の中の和子は眩《まぶ》しそうに目を細めて笑っていた。まるで自分の幸福が眩しくてたまらないとでもいうように。

平凡で幸福そうな一家だった。

「仲の良さそうなご家族ですね」

私は写真を返しながら、そんな世辞を言った。

「今はね」

和子は返された写真を愛《いと》しそうに見詰めながらポツンと言った。

今はね？

ということは、以前はそうではなかったということなのか。私は少しだけ彼女の家族に興味を持った。人の不幸は蜜《みつ》の味というわけではないが、幸福よりも不幸の方によりドラマ性があることは事実だ。

「今はねっておっしゃると？」

「崩壊寸前だったのよ」

和子は小粒の歯をちらと見せて笑った。

「崩壊寸前？」

私は思わず裏がえったような声をあげた。この写真を見る限り、どう見ても、崩壊寸前の家族には見えない。

「その写真はいつ撮られたんですか」

そうたずねると、

「ああ、これはなんとか持ち直したあとで撮ったものだから」

和子はそう説明した。

「それで、崩壊寸前って一体——」

そう言いかけたとき、和子が突然耳を押えて、叫び声のようなものをあげた。卵に目鼻をつけたような顔立ちが醜く歪《ゆが》んでいる。ちょうどムンクの絵のようだった。

「どうかされたんですか」

私はびっくりして声をかけた。

「今、鳥が――」

和子は両耳から手を離して、喘《あえ》ぐように言った。

「鳥が鳴いたでしょう？」

「鳥？」

「野鳥よ。キーって甲高い声で」

和子は恐ろしそうな目で窓の外を見た。

そう言われてみれば――

このあたりは樹林を切り開いて作った平地らしいから、野鳥の声が聞こえても不思議ではない。それにしても、目の前の主婦の脅《おび》えようは普通ではなかった。

野鳥が鳴いたと言っても、それほど凄《すご》い声だったわけではない。どうしてこんなに脅えるのだろう。

「私、鳥がだめなの」

和子は急に取り乱したことを弁解するように言った。

「とくにあの甲高い鳴き声は。聞くとぞっとしてしまって」

鳥が嫌いなのか。世の中には鳥嫌いは少なくない。かく言う私も、鳥はどちらかといえば苦手な方だ。あの足がだめなのである。あれを見ると、文字通り、鳥肌がたつ。

「小学生の頃、学校帰りに、カラスに襲われたことがあるのよ。友達が何人かいたのに、なぜかカラスは私だけを執拗《しつよう》に狙《ねら》って――頭をくちばしでつつかれて、縫うほどの怪我《けが》をしたわ。あれ以来、カラスだけじゃなくて鳥全般がだめになってしまったの」

和子はまたさやえんどうのすじを剝《む》きはじめたが、その指先がかすかに震えていた。

「そうだったんですか」

子供の頃にそんな恐ろしい体験をすれば、誰だって鳥ぎらいになってしまうだろう。彼女の異様にみえた反応も、そう聞かされてみれば無理もないような気がした。

「でも、鳥が嫌いなのはそれだけじゃないの」

ふいに顔をあげて私を見た。

「さっき、崩壊寸前だったたって言ったでしょ」

「え」

「私の家族よ」

「え、ええ」

「鳥のせいなのよ」

和子は秘密を打ち明けるように小声になった。

「…………」

「鳥がね、私の家庭を壊そうとしたの」

さやえんどうのすじを剝く手を止めて、囁《ささや》くように言う。

私はゴクリと唾《つば》を飲みこんだ。誘われるままにこの部屋にあがりこんだことを早くも後悔しはじめていた。目の前の主婦の人形めいた生気のない目には、何か人を不安にさせるものが宿っていた。彼女を脅えさせているものが私にも伝染したような気分になった。

「復讐《ふくしゅう》なのよ。陰湿な復讐。鳥って陰湿だと思わない？　あの目。とっても陰湿そうな目をしてるじゃない」

「あの、復讐って？」

私は咳払《せきばら》いをしてから言った。

浜野和子は私の方に身を乗り出して、しゃがれた声で囁いた。

「私が彼女の巣を壊したから」

＊

生臭いような口臭がした。なんとなくぞっとして、黙っていると、和子は話を続けた。さやえんどうのすじを剝きながら、私に話すというよりも、独り言《ひとりごと》でも言うような調子で。

「あれは三年前の今頃のことだったわ。今日みたいに家族でここに遊びに来ていて、主人や子供たちは山中湖にボートに乗りに出掛けていた。私は一人で留守番していたのよ。こうしてお夕飯の準備をしながらね。そして、なにげなく、ベランダの方を見たら――」

和子はそう言って、実際にふと視線を泳がせて、ベランダの方を見た。私もついつられて同じことをした。

「鳥がね――雀《すずめ》よりも少し大きいくらいの野鳥だったわ。ベランダにずっとだしっぱなしになっていた長靴の上に止まっていたのよ。私は鳥が飛び去ってから、なんとなく気になって、ベランダに出てみたの。前日も同じような鳥が長靴に止まっていたのを見たもんだから。なんだろうって思って。長靴の中を覗いて驚いたわ。何があったと思う？」

「さあ」

私は首を傾《かし》げた。

「巣よ。鳥が巣を作っていたのよ」

「へえ」

「鳥って、おもいもかけないような所に巣を作るのね。小さな卵が幾つも生み付けてあったわ。私はそれを見ているうちに、なぜかは分からないけど、子供の頃、カラスに襲われたことを思い出したのよ。この卵がかえれば、また鳥が増えるんだ。そう考えていたら、なんだか憎たらしいような気がしてきて――」

ピーというけたたましい音がした。私はぎょっとして椅子から飛び上がりそうになった。

鳥の鳴き声ではなかった。コンロにかけたケトルの音だった。和子は話の途中で立ち上がると、台所に行った。しばらくして、二人分のコーヒーをいれて戻ってきた。

「それでね、長靴ごと、裏にある焼却炉に放りこんで燃やしてしまったの」

私の方にコーヒーカップを差し出しながら言った。

私は黙って、目でコーヒーの礼を言った。砂糖壺《つぼ》からグラニュー糖を掬《すく》い出し、それをコーヒーの中にいれた。スプーンでかきまぜる。

浜野和子も同じことをした。

「ミルクは？」

「いえ――」

「よかった。ちょうど切らしてたのよ。それでね」

彼女は話し続けた。

「あとですぐに後悔したけれど、そのときはもう遅かったわ。なぜあんなことをしたのか分からない。でも、あのときは、そうせずにはいられない気分になってしまったのよ。家族は誰もいなかったし、誰にも見られなかったと思ってたわ。でも、私がしたことを見ていたものがいたのよ」

和子は一層声を低めた。

「誰だったんですか」

私は口元まで運んだコーヒーカップから目をあげた。

「鳥よ」

「え」

「あの野鳥よ。親鳥よ。きっと、どこかで私がすることをじっと見ていたんだわ」

「………」

「ここに戻ってくると、鳥がそこの手摺《てすり》の上につかまって、じっとこちらを見ていたのよ」

和子はふらふらと片手をあげて、ベランダの囲いの手摺を指さした。

まるで今もそこに鳥がいるように。私はベランダを見た。むろん、そこには鳥などいなかった。

「こう、胸のところに、筆でさっと撫《な》でたような白い模様のある鳥だったわ。本能的にあれが雌だと分かったわ。それが、じいっと私の方を見ていたのよ。私は金縛りにあったように動けなかった。そのうち、鳥は一声、キーって、心臓が引き裂かれるような悲痛な声をあげたかと思うと、飛び去って行った」

和子はベランダの方を見詰めたまま言った。彼女の目には、私には見えない鳥の姿が見えているようだった。

「その日からだわ。それまで波風ひとつたてずに暮らしてきた私の家庭が崩壊しはじめたのは――」

＊

「はじまりは無言電話だった」

和子は言った。

「七月に入ってしばらくしてからだったわ。うちに無言電話がかかりはじめたの。昼間のこともあれば深夜のこともあったわ。私や娘が出ると、しばらく黙ったあとで切れてしまう。でも、夫が出ると切れないの。まさかと思ったわ。その前から、なんとなく夫のそぶりがおかしいことに気が付いていたから。

それとなく探りをいれてみたけれど上手《うま》くはぐらかされてしまう。それで、私、電話帳で探偵社を調べて、調査を頼んだのよ――」

浜野和子は熱にうかされたような目で話し続けた。私はただ黙って聞いているしかなかった。

「しばらくして調査結果が送られてきたわ。やっぱり私の思った通りだった。夫は会社近くの、よく昼休みに寄る喫茶店の、二十八になるウエイトレスと浮気していたのよ。調査書には、夫と一緒のところを写したその女の写真も入っていた。それを見て、私、ぞうっとしたわ。だって――」

和子はいったん言葉を切り、気持ちを鎮めるように胸に手をあてると、こう続けた。

「その女、鳥にそっくりだったんですもの。瘦《や》せこけて、キロンとした目をした、鳥そっくりな女だったのよ」

私はお尻《しり》のあたりがもぞもぞしてきた。目の前の主婦になんとなく無気味なものを感じはじめていた。

薄い胸に撫で肩。目鼻立ちも手もちまちまとした、平凡な感じの中年女性だった。だが、どことなく異様な雰囲気があった。どこがどうとは言えないのだが。それに、彼女の身体から漂ってくるとしか思えない、この妙に生臭い匂い。

これは一体何だろう。

「けっして夫の好みのタイプではなかった。あんな瘦せこけた鳥みたいな女、誰が好きになるもんですか。あの鳥の復讐だ。私はすぐにピンときたわ。調査書によれば、主人がその女と親密になったのは、ゴールデンウイークが終わったあとからだったらしいし――」

「それで、そのことをご主人に話したんですか」

私はついそうたずねてしまった。今すぐにでも椅子を蹴倒《けたお》して、この部屋から出て行きたいという衝動と、ここに居座って話の続きを聞いていたいという、全くあい反する二つの感情の板挟みになりながら。

「いいえ」

和子は溜息をついて首を振った。

「一晩悶々《もんもん》としたあげく、結局、女のことは話さなかったわ。浮気だということは分かっていたし、私さえ気付かぬ振りをしていれば、そのうち夫も目が覚めるだろうと思ったから。それに、探偵社を使って夫の素行を調べたことを知られたくはなかったし。ここは騒ぎたてずにそっとしておこうと――」

和子の声が心持ち気弱になったような気がした。このあたりが専業主婦の弱いところなのかもしれない。

「でも、夫の浮気を知ってしまった苛立《いらだ》ちは、たとえ口に出して言わなくても、私の態度や言葉のはしばしに現れるようになっていたのね。私はその頃から、ささいなことでよくヒステリーを起こすようになったわ」

和子は溜息まじりでそう続けた。

「友彦のテストの成績が良くないとか、美加が友達と長電話をしすぎるとか、今までだったらさほど気にならなかったことが、たまらなく神経に障るようになったのよ。偏頭痛に悩まされるようになったのもあの頃からだった。そんな折り、それまで一度も衝突したことがなかった姑《はは》と大喧嘩《おおげんか》をしてしまったの――」

原因はたわいもないことだった。姑のタエが、孫の友彦に、和子が禁じていたチョコレートやスナック菓子の類いを、こっそり買い与えているのを見てしまったことだと言う。

「前から変だ変だと思っていたのよ。あれほど気をつけていたのに、友彦の虫歯がいっこうになくならないから、私に隠れて買い食いでもしてるのかと思ったら、よりにもよって姑が陰で虫歯の元を与え続けていたなんて。ただでさえ、いらいらしていた私はそれを見て、思わずカッとしてしまった」

和子はさやえんどうのすじを毟《むし》り取るように引き千切った。

「それで、姑にそういうことは今後やめてくださいとお願いしたわ。すると、姑は可愛《かわい》い孫に菓子のひとつでも買い与えてはいけないのかと言い返した。今までなら、そこで言い争いの一つ二つをしても、翌日になればケロリとして仲直りというのが御定まりだった。それが、その日に限って、そうは事がおさまらなかった──」

烈しい口喧嘩の末に、姑は荷物をまとめて出て行き、その夜、岐阜《ぎふ》に住んでいた義妹から、母をしばらく預かるという電話が入ったのだという。

和子は当時のことを思い出すような目で宙を見詰めていた。

「もともと、私と姑は、相性がいいというか、そんなにいがみ合うような仲じゃなかったのよ。夫とは見合い結婚だったんだけれど、最初に私を気にいってくれたのは、姑の方だったわ。近所の人にも、『よく気のつく良い嫁だ』なんて誉《ほ》めていたくらいなのよ。それが、あんな醜い言い争いをするなんて。私はどうかしてた。言い争っているとき、一瞬、姑の顔が鳥に見えたのよ。あ、この人の顔、鳥に似ている。そう思ったら、急に憎たらしくなって――」

和子は堰《せき》を切ったように話し続けた。

そのうち、長男の友彦の様子がおかしくなった。友彦はおばあちゃん子だった。大好きな祖母がいなくなったことが少年の精神状態を不安定にしたらしい。

「ある日、友彦の担任から電話がかかってきて、友彦のことでぜひ会って話したいことがあるって言うのよ」

和子は思い出したように、コーヒーに手を伸ばした。

「何事かと思って、近くの喫茶店で担任と会ったわ。担任は、三十すぎの女性教師で、痩せて髪が長く、どことなく鳥に似ていたわ――」

また鳥か、といささかうんざりした。浜野和子はどうやら、鳥ノイローゼに罹《かか》っていたようだった。自分にとって都合の悪い人間はみな鳥のように見えるらしい。一種の神経症ではないかと、腹の中で私は思った。

「成績の話かと思ったらそうじゃなかった。友彦が学校で飼っていた兎を殺したらしいと言うのよ」

「殺した？」

私はつい口をはさんでしまった。

「ええ。兎小屋の兎が一羽、殴り殺されているのが、先日の月曜日の朝に発見されたと言うのよ。しかも、日曜日の夜七時頃、うちの友彦が金属バットを持って校庭をうろついていたのを見たという生徒が現れて、友彦が兎を殺した犯人だという噂《うわさ》が学校中に広まっている。担任はそんなことを話したわ。友彦に聞いたら、その時間帯ならうちにいたと言ったというのよ。それは本当かと聞くから、私はその通りだと答えたわ。教師は信じたみたいだったけれど、でも、それは嘘だった。あの夜、友彦は夕飯をすませると、宿題を友達の家ですると言って自転車で出掛けていったのよ。あとで、その友達の家に電話をしてみたら、友彦が来ていなかったことが分かった——」

「それじゃ、友彦君が兎を？」

私はおそるおそるたずねた。

「わからない」

和子は首を振った。

「わからないって、友彦君に聞かなかったんですか」

「そんなこと怖くて聞けるもんですか。担任と会ったことは友彦には話さなかったわ。それに、祖母がいなくなったのは私のせいだと思っていたあの子は、私とは口をきかなくなっていたし。

担任の方も一応私の話を信じてくれて、それ以上の追及をする気はないみたいだったんで、その問題は私一人の胸に納めることにしたの。

それでも、目の前が真っ暗になるような気がした。友彦は腕白だったけれど、そんな、小動物をむやみに傷つけたりいじめたりするような子供ではないと思っていたのに。

そのあと、学校では兎の問題は臭いものには蓋《ふた》式に処理されてしまったようだけど、友彦が兎を殺したらしいという噂はすぐには消えなかった。そのことで、友彦は友達から仲間はずれにされ、いじめられるようになっていたのね。そのうち学校へ行くのを厭がるようになったわ。仮病を使ったり、学校へ行く振りをして、ゲームセンターで一日中遊んでいたり。

そのあげくに、とうとう本屋でコミック本を万引しようとして補導される始末。もう、私はどうしていいか分からなくなっていた――」

和子はふと黙った。私はそわそわした。しかし、彼女はまた黙ったときの唐突さでしゃべりはじめた。

「しかも、おかしくなりはじめていたのは、息子だけじゃなかった。長女の美加まで、私に隠れてとんでもないことをしていたのよ。美加は弟とは違って、小学校の頃から学校の成績もよくて手のかからない子だったわ。中学もずっとトップ・クラスで、一流の進学校へ難なくパスしてくれた。高校へ入ってからも全く問題のない子だったわ。

ところが、やっぱりゴールデンウイークを過ぎた頃から少しずつ様子が変わってきたのよ。それまでは、学校から帰ってくると、友達や先生のことを聞かれなくても楽しそうに話してくれたわ。それが、何も言わなくなった——」

成績もどんどん下がりはじめ、その頃から、「友達の家に泊まってグループ学習する」という名目で外泊することが多くなった。

それでも娘を信用しきっていた和子は、最初はまったく疑わなかったという。

ところが、ある日、美加が留守のときに、美加の部屋を掃除していた和子は、押し入れの中から奇妙なものを発見した。何十万もするブランド物のバッグや服やアクセサリーがごっそり出てきたのだ。どれひとつとっても、美加に与えていたお小遣いで買えるしろものではなかった。

「びっくりして、私は娘が帰ってくるとすぐに問いただしたわ。すると、娘は、鼻先で笑って、『全部、お小遣いで買った』と言ったわ。『こんな高いものを？』と聞くと、『それは偽ブランドだから、本当は安いんだ』と言うのよ。でも、すぐに嘘だと分かった。そんな安物には見えなかったし、美加の態度がどことなくおかしかったから。問い詰めてとうとう白状させたわ。信じられなかった。テレホンクラブを通じて知り合った男性に買って貰ったというのよ。それも一人じゃない。中には夫くらいの年配の会社員もいたというの。もう私は息が止まるほど驚いて、そんなことはすぐにやめろと言ったわ。すると、娘はせせら笑って、べつに売春してるわけじゃない。ただちょっとデートしてやるだけで勝手に向こうが喜んで、何でも買ってくれるんだからいいじゃない。そう言ったわ。私は思わず美加のほっぺたをひっぱたいていた。

するると、あの子は形相を変えて私を罵《ののし》った。今まで聞いたこともないような口汚い言葉を機関銃のように浴びせて。私の心臓が凍り付くようなことまで言ったわ。『私のことよりパパのことを心配したら?』って言い出したのよ。『それはどういう意味?』って問い返したら、美加は私を哀れむように見て嗤《わら》ったわ――」

和子は深い溜息を漏らした。

「そして、身の回りのものだけ持ってプイとうちを出て行ってしまった。私には追い掛ける気力もなかった。美加は夫とあのウエイトレスのことを知っていたのよ。どうして知ったのかは分からないけれど、知っていたからあんなことを言ったのだと思ったわ。

なにもかもがあの鳥女のせいだと思った。あんなに良い子だった美加があんな風になったのも、姑《はは》が出て行ったのも、そのせいで友彦がおかしくなったのも。それで、耐え切れなくなった私は、とうとう、その夜、あの女のことを夫に話したのよ。浮気がばれたことを知れば、夫は私に詫《わ》びを入れて、すぐに女とは別れると思ったから。私たち夫婦の仲が元どおりになれば、子供たちも前のようになってくれる。そう信じて。ところが――」

和子はまた、ふいに言葉を飲んだ。俯《うつむ》いて黙っている。

「ところが、どうしたんですか」

じれったくなって私は先を促した。

「夫は詫びるどころか開き直ったのよ。向こうの女に子供ができたので、この際だから、私と離婚すると言い出したのよ。信じられる？」

「………」

「これまで私たちが築き上げてきたものが、いともたやすくガラガラと音をたてて崩れていくのを聞いたような気がした。まるで、一生分の不幸が襲いかかったみたいだった。鳥の呪《のろ》いだ。これは、私に巣を壊されたあの鳥の呪いだ。私はそう確信したわ。あの鳥が今度は私の巣を壊そうとしている。私の家族を一人ずつ私から引き離して、私の家庭を壊そうとしている。そうはさせるものか。私は決心したわ。絶対に私の家庭を守ってみせるって」

そのときの決意を思い出したように、それまで生気のなかった和子の目がギラギラと燃えていた。

「それで、まず、あの鳥女の子供が本当に夫の子かどうか調べてみることにしたわ。例の探偵社に頼んで、今度はこの女の周辺を徹底的に調べて貰ったの。そうしたら、案の定、その女には、夫以外にも親密な交際を続けていた男が何人もいたのよ。私はその報告書を夫に突き付けてやったわ。夫はひどくうろたえたようだった。

それから、私は義妹の家まで姑に会いに行った。姑も向こうの家で幾分気詰まりな思いをしていたらしくて、私の方から頭を下げると、待ってましたとばかりに帰ってきたわ。案の定、大好きな祖母が帰ってきたおかげで、友彦の精神状態が目に見えてよくなりはじめた。夫は離婚の決意を翻し、友達の家を転々としていた美加を私は迎えに行った。

　こうやって、私は、少しずつ、壊れかけていたところを修繕していったわ。根気よく、愛情を傾けて。一年かかったわ。ボロボロになって崩壊寸前だった家庭を元どおり、いえ、前以上に強い絆《きずな》で結ばれた家に建て直すのに——」

　和子は遠い目をした。偉業をなしとげたような自己満足の喜びがその目に宿っていた。

「それで、前以上の絆で結ばれるようになった私たちは、おととし、ゴールデンウイークにここにやって来たのよ。家族揃って。私はあの鳥に勝った。私の大事な家族をあの鳥に見せ付けてやろうと思ったの」

　私の頭の中で、ある記憶がうごめいていた。五月三日。五人の家族。鳥。五月三日。五人の家族。鳥——

　何だろう。

　思い出せそうで思い出せない。

　そういえば、蓮見から電話があったとき、彼が言いかけてやめたことがあったっけ。たしか、「そのマンションってのは、ほら、おととしさ——」とか言っていた。

　おととし？

おとしここで何があったのだろう。

「私、馬鹿だったわ」

勝ち誇っていた和子の目が一瞬のうちに曇った。

「私はあの鳥に勝ったと思っていた。でも、そうじゃなかった。鳥は狡猾《こうかつ》だった。鳥は私たちを滅ぼすために、もっと別のことを考えていたのよ」

和子の目がまた生気をうしなってガラス玉のようになった。

「別のことって？」

私は生唾を飲み込んだ。

「鳥はね、また巣を作っていたのよ。私たちのいない間に。でも、今度は長靴の中なんかじゃなかった。もっと見付かりにくいところ。しかも、そこに巣を作ることで、私たち一家を滅ぼすことができるところ。どこだか分かる？」

和子は私の目をじっと見詰めた。

何か厭なことを思いだしそうになっていた。おととし。五月三日。五人の家族。鳥の巣。

それを振り払うように、私は頭を振った。

「分からない？」

和子は満足そうににんまりと笑うと、

「あのこと、新聞で読まなかった？」

突然そんなことを言った。

「あのこと?」

「新聞にも載ったのよ。私たちのこと」

もしかしたら——

「知らないなら、教えてあげる」

和子はまた私の方に身を乗り出した。

「鳥が巣を作ったのはね」

囁くような声で、生臭い息を吐きかけながら、こう言った。

「プロパンガスの吸排気筒の中」

*

私はあっと言いそうになった。

プロパンガスの吸排気筒の中。鳥の巣。

浜野和子の一言で何もかも思い出したのだ。

新聞だった。

おととしの新聞の朝刊に載っていた記事を思い出したのだ。

五月三日の夜、山中湖のリゾートマンションで起きたいたましいガス中毒事故の記事。そのことをまざまざと思い出したのだ。

たしか記事の内容はこうだった。

被害者たちの遺体は、五月四日の朝、管理人によって発見された。二日から泊まりに来ていた東京本社の社員とその家族だった。その日はこの五人しか利用者はいなかったらしい。死因は一酸化炭素中毒だった。プロパンガスの吸排気筒に鳥の巣が詰まっていたことが事故の原因だった。

発見されたとき、家族五人のうち、四人までは既に手のほどこしようがなかったが、ただ一人、庭に這い出していた、四十になる主婦だけが駆け付けた救急隊の看護でかろうじて息を吹き返したということだった。

亡くなった家族の名字はたしか——そう、浜野だった。

私はぞっとした。二の腕にさっと鳥肌がたった。

目の前の女があの事故の生き残り？

一人だけ助かったという主婦だというのだろうか。

「五月三日の夜は冷え込んでね。私たちは夕飯を済ませたあとで暖房をつけたのよ。夫と友彦は一緒にお風呂に入っていたわ。私と姑と美加はそこでテレビを見ていた」

和子は暗い目でリビングのソファを指さした。

そういえば、一家の主人と長男は風呂場の中で、長女と姑がリビングで、それぞれ遺体となって発見されたと新聞には書いてあった。

「最初、ひどく頭痛がしてきて、吐き気に襲われたのよ。いつもの偏頭痛かと思ったんだけれど、そのうちただ事ではないと感じて。でもそのときは遅かった。何が起きたのか分からなかった。私は夢中で庭の方に這い出して――意識を取り戻したとき、病院のベッドにいたわ。そこで夫も姑も子供たちも、みんな死んだと聞かされたわ。ガス中毒だったって。

あとになって、ガス漏れの原因は、吸排気筒に詰まった鳥の巣だったと知らされた。それを聞いて、私は笑い出してしまったわ。医者も看護婦もぎょっとしたような顔をしていた。気でも違ったのかと思ったらしいわ。そうじゃない。だって、あんまり見事だったんですもの。そうは思わない？　鳥は私から家族をもぎとることに成功したのよ。私が一年間あんなに必死になって守ってきた家族を、いともたやすく私から取り上げてしまったんですもの。ガス用の吸排気筒に巣を作ることでね。こんな完璧《かんぺき》な復讐ってあるかしら。巣を作ることで、私の巣を壊したのよ、あの鳥は」

浜野和子は、たった一人だけ生き残った女は、そう言って、さもおかしそうに甲高い声で笑いはじめた。

この女は神経をやられている。私は咄嗟にそう思った。この部屋にはいって、彼女と向かいあったときから、なんとなく感じていた違和感のようなものの正体がつかめた気がした。

一酸化炭素中毒の後遺症かもしれない。和子は命は取りとめたものの、神経を冒されてしまったのだ。あるいは、最愛の家族を失って心が壊れてしまったのか。

「あの、私そろそろ」

私は椅子から立ち上がりかけた。浜野和子には同情するが、これ以上彼女のそばにいることは耐えられなくなっていた。

「そろそろって、なあに？」

彼女はきょとんとした顔をした。

「いえ、その、おいとましなければ――」

私はそわそわしながら言った。

「おいとま？　あら、だって、蓮見さんっておっしゃったかしら。まだ見えてないみたいよ」

和子は不思議そうな口調で言った。

「え、ええ。でも、もしかしたら、私の勘違いで、彼は今日ここにはこないかもしれません。私なら大丈夫です。どこかに宿でも探しますから」

「何も宿なんか探さなくてもいいじゃない。ここに泊まっていけばいいわ。あなたの寝る場所くらい充分あるわよ。それに、主人たちももう戻ってくる頃だし」

和子はごく自然な口調で、時計を見ながらそう言った。

主人たちも戻ってくる？

私はぎょっとして和子の顔を見た。

どこから戻ってくるのだ？

「戻ってくるって、一体どこから――」

私はカラカラになった喉《のど》から声を絞り出した。

「あら、さっき言わなかったかしら？　山中湖にボート乗りに行ったって。もう暗くなってきたから、そろそろ戻る頃だわ」

和子は窓の外を見た。いつのまにか外は薄暗くなっていた。

やはり彼女はおかしい。私は生唾を飲み込みながら思った。神経がおかしいのだ。だから、家族が既に死んだことを忘れている。一緒に来たような錯覚に陥っているに違いない。

「あの、でも、さっきご家族はお亡くなりになったって」

私はおそるおそる言ってみた。

「帰ってきますよ。だって、今日は五月三日ですもの。家族の日ですもの。何があっても、家族が揃ってごはんを食べる日ですもの」

和子は楽しそうに、歌うような口調で言った。

家族の日。

何があっても？

「去年だって、ちゃんと五月三日は五人でお夕飯を食べたんだから」

彼女は狂っている。私はそう確信した。帰るはずのない家族が帰ってくると信じているのだ。もはやここに留まる気にはなれなかった。

「あの、私。やっぱりもうおいとまします」

私は椅子を蹴倒すような勢いで立ち上がった。こんな女の相手をこれ以上するのは真っ平だった。

「そうお？　残念だわ。主人たちにあなたのことを紹介したかったのに。もう少し待てば、きっと――」

和子がそう言いかけたとき、玄関のチャイムが鳴った。

＊

私の心臓がゴトンと厭な音をたてた。

思わず玄関の方を見る。凍り付いたように身体が動かなかった。

「ほら帰ってきたわ」

和子は嬉しそうに椅子から立ち上がった。

「はあい」と答えて玄関に出て行った。

私はただ呆然《ぼうぜん》としていた。

まさか？

がやがやと人の話し声がしたかと思うと、黄色いトレーナーに紺色の半ズボンをはいた少年が飛び込んできた。

私を見ると、ちょっと驚いたように、立ち止まった。

「お姉さん、だあれ」

無邪気な目をして私を見上げた。

私は震えていた。声がすぐに出なかった。

あの写真の少年だった。

「お客さん？」

野太い中年の男性の声がしたかと思うと、

「ええ。さっき来たばかり。蓮見さんという方を訪ねてみえたとかで。車の中で心臓発作を起こして倒れていたのよ」

和子の声がした。

「ああ、あの車か。駐車場に停まっていた」

「あなた、蓮見さんてご存じ？」

「いや、知らないな」

「部署が違うのかしらね」

声の主があらわれた。

体格の良い、黒ぶちの眼鏡をかけた、四十年配の中年男だった。写真の中と同じ白いポロシャツを着ていた。

「いらっしゃい」

私の方を見ると、笑顔になって軽く頭をさげた。この男の後ろから、高校生くらいの少女と、白髪を幼女のように切り揃えた老女が入ってきた。

これはどういうことだ。

私は卒倒しそうになりながら、かろうじて立っていた。車の中で起きたような発作に襲われないのが不思議なくらいだった。

「ほら、言ったとおり、ちゃんと帰ってきたでしょう？」

彼女は誇らしげに言った。

「紹介するわね。こちらが主人――」

和子がにこにこしながらそう言いかけたが、私は聞いていなかった。突然、頭にひらめいたことがあった。

蓮見だ。

蓮見に違いない。

これはすべて、蓮見茂之が私を怖がらせようとして仕組んだことではないか。

そんな考えが頭を支配していたのだ。

学生時代から悪戯好《いたずらず》きだった、あの男ならやりそうなことだった。

きっと、この人たちは蓮見の知り合いか何かなんだろう。上司とその家族かもしれない。

浜野という一家ではない。蓮見が二日に来ていると電話では言っておきながら姿を見せなかったのは、みんな、この狂言のためだったのだ。

ひょっとしたら——

私ははっとしてあたりを見回した。蓮見と悪友たちが部屋のどこかに隠れて、私がうろたえ怖がるさまを、笑いを圧《お》し殺して覗き見しているのではないか。そんな疑惑に駆られた。

「分かったわよ」

私はにやりとして大声で言った。おそらく隣の部屋にでも隠れている蓮見たちに聞こえるように。

「あなたがた、蓮見君の知り合いなんでしょう?」

私は浜野和子と名乗った女を笑いながら睨《にら》んだ。

「何を言っているの」

女はきょとんとした。

「しらばっくれても駄目よ。もう分かってるんだから。蓮見君。あなたでしょう。こんな猿芝居を思いついたのは」

私はそう言って、隣の部屋に続くふすまをカラリと開けてみた。

がらんとして誰もいなかった。

「隠れてないで出てらっしゃい。ネタは割れてるんだから」

私は鬼ごっこでも楽しむように、押し入れや物置を次々と開けた。他の部屋へも行ってみた。トイレも風呂場も見た。

しかし、蓮見はおろか、猫の子一匹いなかった。

ここに隠れていたんじゃないのか。

拍子抜けした思いで、首を傾げながら、さっきまでいた部屋に戻ってくると、

「もしかしたら、あなた――」

浜野和子と名乗った女が、私の顔をまじまじと見ながら言った。

「まだ気付いてないの？」

「え？」

気付く？　何のことだ。

「気付いてないんだよ。おれたちのときもそうだったじゃないか」

ソファに座って煙草をくわえようとしていた中年男が愉快そうに言った。

「そうだわ。あなたまだ知らないのね。気付いてないんだわ」

女も愉快そうに笑い出した。

高校生の娘がテレビをつけた。

「何のことですか」

私はむっとして言い返した。

「そうよね。気付かなくても無理ないわよね。私だってすぐには気付かなかったもの。こんな膨れ上がった顔をして天井からぶら下がってる自分を見ても、あらこの人誰かしら、なんて最初は思ってたくらいですもの」

和子がようやく笑いをおさめて言った。

気付くとか分かるとか何のことなのだ。私は彼女の言っていることが全く理解できなかった。やっぱり、この女は頭がおかしいのだ。いや、この女だけじゃない。この女の家族だという人たちも。もし、これが蓮見の仕組んだ猿芝居ではないとしたら、一体、この連中は――

「さっき言い忘れたことが一つあるのよ」

和子がまじめな顔になって言った。

「去年の五月三日も家族揃ったって言ったでしょ。でも、そのためには、私、少し苦しい思いをしなければならなかったの」

和子はそんなことを言って、小鳩のようにくっくと笑った。

「苦しい思いって？」

私はなんとなく厭な予感にうたれながら、それでもそうたずねていた。

「苦しいって言ったって、ほんの一瞬のことだった。家族に会える喜びに較べたら、どうってことなかったわ」

和子はこともなげに言った。

「だって、私だけが取り残されてしまったわけでしょう。このままでは会えないじゃない。夫たちが来てくれるか、私の方から行くか。どちらかしかないわけだわ。私たちが揃うためには」

「…………」

私はただ女の顔を見ていた。

「それでね、考えた末に、私の方が行くことにしたのよ。それが一番いいことだって思ったの。家族の日を決めたのは私なんだから。それでね、そこにロープをかけて――」

和子はくすくす笑いながら、天井を指さした。

「ぶらさがったのよ、私。ブランと下に」

＊

私は目を見開いていた。

何を言っているのだ、この女は。

「だけど、首吊《くびつ》りなんてするもんじゃないわね。見てよ。まだ痕《あと》が残ってるのよ」

彼女はそう言って、タートルネックのセーターの首を指でつまんで見せた。

細い白い喉には、赤黒い紐状《ひもじょう》の痕がクッキリとついていた。

これは何か悪い冗談だ。でなければ悪夢か。

私は脇《わき》の下に脂汗をかきながらそう思っていた。

「自殺未遂——だったんですか」

自分の声とは信じられないような、しゃがれた声でかろうじて言った。

「未遂？」

和子はきょとんとした。

「何、言ってるの。未遂じゃないわ。死んだのよ。だから、こうしてここにいるんじゃない」

当然のことのように言う。

私は何がなんだか分からなくなった。目の前の女は自分が死んだと言っている。ということは、私が見ているのは何なのだ。

しかし、そういえば――

私はもう一つ思い出すことがあった。

去年の五月三日、このマンションで家族をガス事故で失った中年女性が首吊り自殺をしたという小さな記事を新聞で読んだような記憶がかすかにあった。

今、目の前にいるのは亡霊なのか。浜野和子も、和子の家族も。

家族たちはみな、妙に血色の良い、バラ色の顔をしていた。

ガス中毒で死んだ人の顔はバラ色をしていると何かで読んだことがあった……。

そんな馬鹿な。

亡霊たちがこんなに生々しく存在しているはずがない。こんなに身近に日常的に、さやえんどうのすじなんか剝いたり、テレビを見たり、煙草を吹かしたりしているわけがない。

「参ったな。おれたちを幽霊でも見るような目で見てるよ」

中年男が血色の良い顔で笑った。

「いつまでも知らないままでは可哀《かわい》そうだよ。外を見せておやりなさい」

そう言ったのは白髪の老女だった。

「そうね、お姑《かあ》さん」

和子は、ベランダ側ではない、もう一つの窓の方に近付くと、私を手招きした。

「ちょっと来てご覧なさい」

その窓はさっきからずっとカーテンがしまったままだった。駐車場に面した窓。私が車の中で気を失いかけたとき、彼女の顔がちらと覗いたように見えた、あの窓である。

「あれを見てご覧なさい」

女はカーテンをさっと引いた。

夕闇《ゆうやみ》のたちこめた駐車場に人だかりができていた。私の車の中から、救急隊員のような恰好をした人たちが毛布をかぶせた担架を運び出して行く。

私は思わず窓に取り付いて、目をこらした。

人だかりの中に、蓮見茂之と、やはり大学時代の悪友だった野村里子《さとこ》と天野和雄《かずお》を見付け出したからだ。三人とも沈鬱《ちんうつ》な表情で運ばれて行く担架を見送っている。野村里子は烈《はげ》しく泣きじゃくっていた。

何があったというの。

それに、あの人たちはよってたかって、私の車から何を運び出そうとしているのだ。

私は窓をガラリと開けた。

「蓮見君。野村さん」

身を乗り出して友人たちの名前を呼んだ。

大声で何度も呼んだ。

しかし誰も振り向かなかった。私の方を見る者は誰もいない。

こんなに間近で叫んでいるというのに。

まるで私など存在していないかのように、彼らは私を無視していた。

存在していないかのように？

まさか。

担架で運ばれて行ったのは――

私の全身が総毛だった。

私はあのとき助かったんじゃなかったのか。和子から声をかけられて、意識を取り戻したのではなかった？

私はどこにいるのだろう。

ふいに背中に女の手が触れる感触があった。耳の後ろに生暖かい息がかかった。女は優しい声で囁いた。

「すぐに慣れるわよ、こちら側の生活にも」

返して下さい

帰宅すると留守番電話の留守ボタンが赤く点滅していた。デジタル表示を見ると、用件は二件入っているようだ。

河島一朗《かわしまいちろう》はネクタイを緩めながら、留守ボタンを押した。

ピーという音の後に、「山辺《やまべ》です。例の同窓会の件ですが、出欠の返事が来てないのはきみだけです。準備の都合もあるので、なるべく早く連絡を下さい。当方の電話番号は
――」

番号を言ったあとで、「零時くらいまでなら、いつでもＯＫです」

伝言はそこで切れていた。「午後九時二十分」という機械の声が時刻を告げた。

例の同窓会の件？

ネクタイをはずしかけた手をとめて、一朗は怪訝《けげん》そうな顔をした。山辺というのは、大学のとき同期だった、あの山辺広志《ひろし》に違いない。しかし、一朗には、山辺の言っている意味が分からなかった。

例の同窓会って言ったって、どの同窓会のことなんだ。

一朗は不満そうに小さく呟《つぶや》いた。この伝言だと、まるで同窓会の通知を出したような口

ぶりだが、そんな通知は届いていなかった。

いぶかしく思いながら時計を見た。午後十一時を少し過ぎたところだった。「零時までOK」ということだから、あとで山辺のところに電話をかけて聞いてみようと思ったとき、二件めの伝言がはじまるピーという音がした。

しかし、伝言はなかなかはじまらなかった。といって、切れたわけではない。相手が沈黙しているのだ。

なんだ？

一朗は電話機を見詰めた。間違い電話か何かかなと思った途端、声が流れた。

「返して下さい」

圧《お》し殺したような女の声だった。

え？

一朗は面食らった。

「あれを返して下さい。あなたが持っていることは分かっているんです。私に返して下さい。お願いします。すぐに返して下さい」

伝言はそこで途切れていた。録音時刻は午後十時五分。

なんだ、これ。

一朗は何がなんだか分からず、ポカンとした表情で、電話機を見詰めていた。

聞き覚えのない声だった。年の頃は、二十代か三十代というところだろうか。少し掠《かす》れた低い声だった。会社の同僚から大学時代の女友達まで、ざっと頭に浮かべてみたが、この声にあてはまりそうな女性は思いつかなかった。

それにしても妙な伝言だな、と一朗は首をかしげた。ふつうだったら、どこの誰それと名乗りそうなものなのに、いきなり、「返して下さい」ときた。「あれを返して下さい」と言われても、一朗にはなんのことやら、見当もつかない。女性から何か借りて、返すのを忘れていたものなんてあったっけ。思い出そうとしたが、いっこうに思い出せない。

間違い電話かなとも思ったが、応答用のテープで、ちゃんとこちらの名前を名乗っている。かけ間違いなら、そこで気が付くはずだ。

なんとも釈然としない気持ちのまま、それでも思い直したように、受話器を取ると、山辺広志の自宅の電話番号をプッシュした。

コール音が三回ほど鳴って、すぐに受話器が取られる気配があった。

「山辺でございますが」

眠そうな女性の声がした。山辺の妻だろう。山辺も一朗もともに二十六だが、山辺はすでに妻帯していた。

「夜分どうもすみません。河島といいますが、山辺君、おられますか」

そうたずねると、山辺の妻は、「ああ」と合点がいったような声を出した。一朗のことは、山辺から聞いていたらしい。

「少々お待ち下さい。今、代わりますから」

そんな返事のあとで、電話は保留にされたらしく、メロディが流れた。

同じ節の繰り返しにいいかげんうんざりしかけた頃、ようやく山辺が電話に出た。

「待たせてごめん。風呂に入っていたもんだから」

山辺は出るとすぐにそう言った。

「伝言聞いたよ」

「そうか。せかせて悪いけど、出欠の通知が来てないのはきみだけなんだ――」

早口で言う山辺を遮るようにして、一朗は言った。

「そのことなんだけどな、おれ、同窓会のことなんて聞いてないよ」

「えっ」

山辺の驚いたような声。

「聞いてないって、通知を出したはずだが」

「いつ？」

「えーと、十日くらい前だったかな」

「届いてないよ」

「届いてない？」

「ああ。受け取ってない。だから、返事の出しようがないじゃないか。きみ、出し忘れたんじゃないのか」

「そんなはずないよ。ちゃんと出したよ。あれから住所かわってないだろう？」

「かわってないよ」

「変だなあ。だとすると、郵便局の手違いか何かかな。おれはたしかに出したぜ」

むこうでも首を捻《ひね》っているような声だった。

「で、その同窓会っていつなんだ」

通知を出した出さないと電話口で言い合っていても埒《らち》があかないので、一朗は話題をかえるように言った。

山辺も気を取り直したように、同窓会の日時を言った。その日はこれといった予定も入っていなかったので、一朗は、出席する旨を伝えた。

電話を切る前に、山辺は、もう一度念を押すように、「おれ、本当に通知出したんだぜ」と言った。

電話を切ったあとで、一朗は、留守番テープを巻戻して、二件めの不審な伝言を聞き直してみた。何度聞いても、女の声にも、女の言う「あれ」にも心当たりはなかった。

なんとなく奥歯にものが挟まったような状態で、シャワーを浴びると、床に入ったものの、なかなか寝付かれなかった。二件めの伝言のことがまだ気に掛かっていた。しばらくベッドの中で寝返りばかりうっていたが、ようやく睡魔がまぶたに忍び寄る頃、半ば夢心地で一朗は思い出した。

そういえば――。

女性から物を借りて返してないものがひとつだけあった。もっとも、女性といっても、相手は小学生だったが。十六年近くも昔のことだった。

クラスの女の子に下敷を借りたことがあった。うっかり下敷を忘れて登校した日、たまたま下敷を二枚持っていた女の子から一枚借りたことがあったのだ。そのまま返すのを忘れてしまった。そのうち、学年が変わって、その女の子とは違うクラスになってしまった。女の子の方も返してくれとは言わなかったので、なんとなく返しそびれたまま、小学校を卒業した。

あの子、なんて言ったけ。

一朗は女の子の名前を思い出そうとしたが思い出せなかった。鮮やかな緑色をしていた下敷のことしか思い出せない。それと、その下敷の隅に貼ってあった漫画のキャラクターのシールしか……。

でも、まさかね。

一朗は闇の中でかすかに笑った。あのクラスメートが今頃になって、あの下敷を返してくれなんて言ってきたとは、とうてい思えなかった。

返して下さい。

そう訴えてきた電話の女の声は今にも泣き出しそうで、よほど大事なものをなくしたような声音だった。下敷一枚なくしたくらいで、あんな声は出さないだろう。あの女の子じゃあるまい。

やっぱり、あれは間違い電話だったんだろう。

そう無理やり結論づけると、一朗は夢の世界に入っていった。

＊

ところが、奇妙な電話はこれだけでは終わらなかった。翌日も帰宅すると、電話の留守ボタンが点滅しており、ボタンを押すと、あの女の声が流れたのだ。

「返して下さい。あれを私に返して下さい。このままでは私は生きていけません」

前夜と同じような哀願調の声だった。

一体これはどういうことなんだ。

一朗は当惑を通りこして腹がたってきた。いくら「返して下さい」と言われたところで、自分の名前を名乗らないのでは、こちらから連絡の取りようがないではないか。

間違い電話でないとしたら、悪戯《いたずら》電話の類いだろうか。

そうだとしたら、そのうち飽きてやめるだろうと思い、無視することにした。

だが、奇妙な女の電話はいっこうにやむ気配がなかった。

それどころか、電話の女の口調は、哀願調から、だんだん威《おど》しをかけるような不快な調子に変わってきた。

「あなたはまだあれを私に返してくれないんですね。どうしてですか。あれは私にとって大切なものなんです。すぐに返して下さい。あと一日だけ待ちます。あれを返して下さい」

これが三日めの伝言だった。四日めになると、口調がガラリと変わっていた。

「泥棒。まだ返さないつもりか。おまえがあれを盗んだから、あたしの一生は台なしになってしまったじゃないか。早くあれを返せ……」

女とは思えないような口汚い罵声《ばせい》が録音の制限時間いっぱいまで続いていた。

「返さなければ、こちらから取りに行く」だの「殺してやる」だの不穏な威し文句まで混じっていた。

一朗はあっけに取られたあとで、なんとなく薄気味悪くなってきた。この女、正常じゃないな。ふとそんな気がした。どこかの頭のおかしな女が妄想に駆られて、妙な電話をかけてきた。そんな風に思えてきた。「あれを返せ」の一点ばりで、いっこうに要領をえない話ぶりも、相手の精神状態がまともでないことを思えば納得がいく。なぜ一朗を選んだのかは分からないが、この女は何かとんでもない妄想に駆られているのだ。一朗が、この女から何か盗んだと思いこんでいる。

不愉快だったが、それが電話だけで済んでいるうちは、一朗もまだそれほどこの事態を深刻に考えてはいなかった。

ところが、彼を心底ぞっとさせたのは、妙な電話がかかってきてから五日めのことだった。

＊

その日は同僚とはしご酒もせずに、早めに帰宅した。マンションのロビーに設置された郵便受けで、自分宛の郵便物を取り出そうとしていると、背後から声をかけられた。振り向くと、一朗が借りているマンションの大家にあたる中年女性が立っていた。大家の家族は一階に住んでいた。

「あの、河島さん、郷里はたしか愛媛《えひめ》でしたよね」

大家はいきなりそうたずねてきた。

「え、ええ」

一朗は郵便物を持ったまま、何を聞かれるのかという顔で大家を見詰めた。

「あなた、妹さんなんていた?」

「は?」

一朗は目をしばたたいた。

「いえね、昼間、河島さんの妹だと名乗る女性がやって来て、郷里から兄に会いに出てきたのだが、部屋には鍵がかかっていて入れない。部屋の中で待ちたいので、鍵を開けて欲しいって言うから——」

「えっ」

一朗は手にした郵便物を取り落としそうになった。一朗に妹なんていなかった。きょうだいは高校に通う弟だけである。

「妹なんていませんよ」

慌ててそう答えた。

「やっぱり」

大家は眉をひそめて頷《うなず》いた。

「妹って言うのは嘘《うそ》だったのね」

「それで、そ、その女を部屋に入れたんですか」

一朗の頭に、例の電話の女のことが電光のようにひらめいた。まさか、あの女が?

「いいえ、部屋には入れなかったわ。その女の様子がどことなくおかしかったもんだから、本当に河島さんの妹さんかしらって思って、わたし、郷里の住所を聞いてみたのよ。それと、お父さんの名前を。ほら、ここを借りるとき、お父さんが連帯保証人になっていたから。妹さんだったら、すぐに答えられるはずでしょ。でも、その女、俯《うつむ》いてしまって、答えないのよ。それで、『あなた、本当に河島さんの妹さんなの』って聞いたら、逃げるように立ち去ってしまったわ」

「そうですか……」

一朗はひとまず安堵《あんど》した。大家の機転で、妙な女の侵入は防げたわけだ。

「それで、その女ですが、どんな風でしたか」

一朗はすぐにたずねた。きっと、あの電話の女に違いないと思った。電話で予告した通り、女は、本当に一朗の住所を探し当てて、「あれ」を取り戻しに来たのだ。それ以外に考えられなかった。

女は本当に現れた。あの電話はただの悪戯ではなかったのだ。一朗の背筋に寒いものが走った。

「そうねえ、年の頃は二十二、三の、なかなかの美人だったわ。色が白くて、ほっそりとした――」

大家は思い出すように言った。

色白の若い美人？　これが電話の女の正体だろうか。

大家と別れたあと、一朗は306号室の自分の部屋に帰った。見知らぬ女が妹と偽ってまで、一朗の部屋に侵入して、何を取り返そうとしたのかと考えながら、玄関で靴を脱いでいると、ダイニングルームに設置した電話が鳴った。

一朗は靴を蹴飛《けと》ばすように脱ぎ捨てると、慌てて中に入って、受話器を取った。解除していなかった留守番機能が作動しはじめていた。

「もしもし」

そう呼び掛けると、沈黙があった。あの女かもしれない。一朗は咄嗟《とっさ》にそう思った。

「河島ですが、どなたですか」

一朗は幾分いらだった声で言った。

「あの——」

とまどったような女の声がした。あの女だ。一朗はそう直感した。あの女の声だった。

「河島一朗さんのおたくですか」

女は一言一言念を押すようにたずねた。

「そうです。どちらさまですか」

「わたし——」

相手は名乗ろうか、名乗るまいか迷っているように、そう言ったきり黙っていたが、そのうち、腹が決まったように言った。

「セキヤケイコと申します」

「セキヤさん？」

聞き覚えのない名前だった。少なくとも、一朗の知り合いにこんな名前の女性はいなかった。しかし、女の声はあの留守番電話の女の声によく似ていた。

「もしかして、留守電に変な伝言を残していったのはあなたですか」

一朗は、やや詰問する口調でたずねた。

「え――」

セキヤと名乗った女はたまげたような声をあげた。あれ、違うのかな、と一瞬、一朗は思った。

「なんのことでしょうか」

おずおずとした口ぶりで相手はそう言った。しらばっくれているのか、それともこの女ではないのか。声は似ている気がするが、確信はなかった。

「いや、何でもないんです。で、何かご用ですか」

一朗は先を促した。

「あのう、つかぬことを伺いますが、姉はあなたにあの手紙を返したでしょうか」

セキヤケイコはつっかえながら、そんなことを言った。

「手紙？」

「あなた宛の手紙です。たしか同窓会の通知だったと思いますが」

一朗はあっと小さく叫んだ。もしかして、山辺が出したという通知のことだろうか。しかし、まだ話がよく飲み込めなかった。山辺が出したはずの同窓会の通知を、どうして、この女の「姉」が一朗に返さなければならないのだ。さっぱり意味が分からない。

「どういうことですか。ぼくにはさっぱり――」

「ああ、それじゃ、やっぱり、姉には会ってないんですね。姉からあの手紙を返して貰《もら》ってはないんですね」

おろおろしたような声が一朗の耳を打った。

「手紙を返すとか返さないとか、なんのことです。最初からちゃんと話してくれませんか」

一朗は業を煮やして、幾分どなりつけるようにそう言った。

「す、すみません。最初から話します。ゴハイなんです」

「ゴハイ？」

一朗は、「ゴハイ」という単語の意味が分からなかった。

「あなた宛の郵便物が間違って、うちに配達されてきたんです……」

セキヤケイコは消え入りそうな声でそう答えた。

＊

誤配のことか。

一朗はようやくピンときた。山辺が出したという同窓会の通知は、郵便局員の手違いで、この電話の女性のすまいに届けられたらしい。それなら、いくら待ってもここには届かないはずだ。しかし――。

「河島さんのおたくは、第一青柳マンションの３０６号室ですよね」

セキヤケイコが確かめるように言った。

「そうです」

「うちは第二青柳マンションの３０６号室なんです。それで、きっと郵便局の人が――」

そういうことか。一朗は独《ひと》りで頷いた。

青柳というのは、さっき会った大家の姓である。青柳家は、このあたりの地主だそうで、ここの他にも、マンションやアパートやビルを幾つか所有していると聞いたことがある。

たしか、第二青柳マンションというのは、ここから歩いて数分の所に新しく建てられたマンションだった。一朗がこのマンションに入居した頃は、まだ工事中だった。あそこなら、同じ町内だし、番地も似通っているから、郵便局の人が間違える可能性はあった。

「あたし、ここに姉と二人で住んでいるんです。その姉が、あなた宛の手紙をうっかり開封してしまって――」

セキヤケイコは申し訳なさそうな声を出した。

「開封する前に誤配だと分かれば、すぐにお返ししたんですが、封を切ってしまったために、なんとなく返しそびれてしまったんです。でも、同窓会の知らせみたいで、大事なものでしょうから、やはり、河島さんに事情を話してお返ししなければと思って――姉が自分で行くと申しておりましたので、そのつもりでいたんですが、なんとなく気になって」

一朗の頭にふとひらめくことがあった。あの妙な電話をかけてきたのは、セキヤケイコの姉ではないかと思いついたのだ。声が似ているのも、姉妹であれば頷ける。

「そのお姉さんですが、あなたに声が似ていますか」

一朗はそうたずねてみた。

「え?」

セキヤケイコはやや面食らったように、小さく声をあげたが、すぐに「ええ、よく似ていると言われます」と答えた。

間違いない。あの電話の主は、この女の姉だったのだ。

しかし、腑《ふ》に落ちないのは、もし、あの電話の主がセキヤケイコの姉だとしたら、なぜあんな訳の分からないことを言ってきたのかということである。

あの女は、しきりに「返せ」と言っていたが、妹の話が本当だとしたら、返さなければならないのはむしろ彼女の方ではないか。盗んだわけではないとはいえ、誤配されてきた一朗宛の郵便物を十日近くも手元に置いていたらしいのだから。「返して下さい」というのは、こちらのセリフではないか。

それなのに――。

「もしかして、お姉さんは、年の頃は二十二、三で、色の白い、ほっそりした人じゃありませんか」

一朗は思い切ってそうたずねた。昼間、たずねてきたのは、セキヤケイコの姉だったかもしれないと思ったからだ。

「え、ええ」

セキヤケイコはとまどったような声を出した。

「本当の年は二十八なんですが、二十代前半にしか見えないとよく言われます。たしかに、姉は色は白い方ですし、体つきもほっそりしている方だと思いますが、あの、それが何か？」

セキヤケイコは不安そうな声で言った。

「実は、今日、ぼくが留守のときに、お姉さんがたずねてきたようなんですよ……」

一朗は、大家から聞いた話をそのままそっくり、セキヤケイコに伝えた。

「そ、そんな。姉がそんなことを」

セキヤケイコはびっくり仰天したようだった。

「それだけじゃないんです」

一朗は、「返して下さい」一点ばりのあの妙な電話の話もした。セキヤケイコは黙って聞いていたが、電話線を通して、彼女の荒い息遣いが聞こえてきた。

「声があなたに似ていました。だから、あの電話をかけてきたのは、お姉さんだと思うんですが、これはどういうことなんでしょうかね。一体ぼくがお姉さんの何を盗んだというんでしょうか。何を返せというのでしょうか。あなたの話からすれば、返せと言いたいのは、むしろぼくの方ではありませんか」

一朗は、幾分、やつあたり気味の口調で言った。相手は黙っていた。

「あの、もしもし？　セキヤさん？」

切れたのかと思って、一朗は思わず呼び掛けた。

「はい」

「聞いてるんですか」

「き、聞いてます。ごめんなさい。あまりびっくりしてしまって、何を言っていいのか分からなくなって」

「それとも、昼間の不審な女はお姉さんじゃなかったんでしょうか」

「いえ、たぶん、姉だと思います……」

セキヤケイコは蚊の鳴くような声で答えた。何か心あたりのある口ぶりだった。

「それじゃ、電話をかけてきたのも？」

「姉だと思います……」

「これはどういうことなんですか。ぼくはあなたのお姉さんとは全く面識がありません。そのぼくが一体、お姉さんから何を盗んで、何を返さないというんでしょうか」

つい詰問する口調になってしまう。

「あの――」

セキヤケイコが言った。

「一度、おめにかかれないでしょうか」

「え」

「姉のことをお詫《わ》びしたいと思いますし、それに、もし、姉があなた宛の郵便物をまだ返してないなら、お返ししなければなりませんし」

「分かりました。明日はどうですか」

「けっこうです」

「それじゃ――」

ちょうど明日が日曜だったので、午後一時に近くの喫茶店で会う約束をした。セキヤケイコは目印に赤いベレー帽を被《かぶ》ってくると言った。

「おめにかかったときに何もかも話します。姉がなぜあなたにあんな失礼な真似《まね》をしたのか、その訳を」

電話を切る前に、セキヤケイコはそう言った。

＊

翌日、一朗はなんとなくそわそわした気分で、約束の喫茶店に出向いた。例の奇妙で不快な電話の件も、とりあえず、電話の主の正体が分かってみれば、さほど気にはならなくなったし、セキヤケイコがどうやら妙齢の美女らしいということが、一朗の気持ちを浮き立たせていた。

セキヤケイコと姉は声がよく似ている。ということは、容姿も似ているのではないだろうか。大家の話だと、セキヤケイコの姉は、色白の美人ということだった。だとすると、ケイコ自身もそうである可能性が高いのではないか。そんな想像をして、つい鼻の下を伸ばしたというわけだった。

ただ妙なのは、第二青柳マンションの住人であるセキヤケイコの姉のことを、大家が気が付かなかったらしいことだが、考えてみれば、大家が店子《たなこ》の顔を全部覚えていることの方が珍しいのかもしれない。

大家といっても、家賃などは銀行振り込みだし、めったに顔を合わすことはない。入居や退去のときも、仲介の不動産業者にすべて任せてあるようだ。おそらく、第二青柳マンションの方も同じだろう。まして、大家はあちらの方には住んでいないので、一朗の妹だと名乗って現れた女が、自分のマンションの店子だとは気が付かなかったとしても、さほど不自然ではない。

喫茶店の奥まった席について、コーヒーを啜《すす》りながら、一朗はそんなことを思いめぐらしていた。

約束の時間より、十分ほど遅れて、ガラス扉の向こうに、目に鮮やかな赤いベレーの女が現れた。一朗はそれを目にして、ドキリとした。想像ははずれてはいなかった。いや、想像以上だった。

赤いベレーの女は、小柄だが均整のとれた、ほっそりとした体つきで、色も抜けるように白い。一朗が想像した通り、いやそれ以上の美形だった。一朗は幾分上ずったような気持ちで、きょろきょろしているセキヤケイコに向かって手をあげた。

セキヤケイコは一朗の姿をみとめると、ほっとしたようににっこりした。白い歯を見せたその笑顔がまた、思わず見とれてしまうほど美しかった。

これはラッキーかもしれないぞ。

一朗は内心、快哉《かいさい》を叫んでいた。

「遅れてすみません」

席につくなり、セキヤケイコは謝った。

「いえ、ぼ、ぼくも今来たところですから」

約束の時間よりも十分も前に来たことなど、おくびにも出さず、一朗はそう言っておうように笑った。

「あの、姉が失礼なことをして、本当に申し訳ありませんでした」

セキヤケイコは身の置き場がないといった風情で、深々と頭をさげた。

「あ、いや、そんな。何もあなたが謝らなくたって」

一朗は慌ててしどろもどろに言った。

「姉からすべて聞きました。あの電話をかけたのはやはり姉でした。誤配されてきた封書の宛名から、電話帳であなたの電話番号を調べたらしいんです。本当なら、姉も同席して、お詫びしなくてはいけないのですが、今、ちょっと具合が悪くて」

セキヤケイコは苦しそうに言った。

「具合が悪いって、ご病気か何かですか」

「いえ、病気と言っても、姉のは心の病気なんです」

「心の病気?」

「ノイローゼなんです」

「ノイローゼ……」

「だから、見ず知らずのあなたに、あんな失礼なことを申し上げたんだと思います」

「それじゃ、お姉さんの言ったことは、妄想か何かなのですね」

「ええ、たぶん」

セキヤケイコはやや曖昧《あいまい》に頷いた。

「その話をする前に――」

ケイコは持っていたバッグを開けて、中から封書を取り出した。

「これを先にお返ししておきます」

そう言って、既に封を切った白い定形封筒をテーブルの上に差し出した。見ると、山辺からの同窓会の通知だった。

「たしかに」

一朗は中をあらためると、それをブレザーの内ポケットにしまった。

「それで、お姉さんのことですが」

一朗は先を促した。セキヤケイコは運ばれてきたレモンティに少し口をつけてから切り出した。

「実は姉は――」

ケイコの話によると、ケイコの姉はエイコと言って、一年前まではある大手商社のOLをしていたのだという。エイコには、車の設計技師をしていたモモセという名の、二つ年上の恋人がいた。

ところが、二年前にこのモモセがミネソタにある支社に転勤になったのだという。

「モモセさんはミネソタに行っても、月に二、三度の割合で、姉に便りをくれていたようです。新居に落ち着き、仕事にも慣れたら、姉を呼び寄せるつもりだというような、考えようによってはプロポーズをほのめかすようなことが書かれていることもありました。姉はモモセさんから来た手紙をすべてわたしにも見せてくれたのです。はっきり、プロポーズの言葉が書いてあったわけではありませんが、たしかにそう取れるような言い回しが随所にしてありました。姉はすっかりその気になって、いつモモセさんからプロポーズされてもいいように、準備を整え、あとはただモモセさんからのプロポーズを待つだけの日々を送っていました。ところが――」

セキヤケイコの眉が曇った。

「半年を過ぎた頃になると、モモセさんからの便りが少なくなって、手紙というより葉書であることが多くなりました。それも、まるで嫌々書いているようなそっけない短いものに。そのうち、その短い葉書ですら、来ないようになりました。音信がまったく途絶えてしまったのです。最初は仕事が忙しいのだろうと思って、姉は我慢していたそうなんですが、そのうち我慢し切れなくなって、手紙を書きました。でも、その手紙は宛先不明で戻ってきてしまったんです。モモセさんは姉には知らせずに、いつのまにか住居をかえていたらしいのです。不安になった姉は、東京に本社のあるモモセさんの会社に問い合わせました。そして、会社の人から驚くべきことを教えられたんです」

「まさか――」

「ええ」

沈んだ表情のまま、セキヤケイコは頷いた。

「モモセさんはすでに現地で知り合った女性と結婚して、その女性の家で新婚生活をはじめていたのです。ちょうど、彼が結婚したのは、姉への便りが途絶えた頃でした。姉はショックを受けました。姉はとてもプライドの高い人でした。と同時に繊細な神経の持主でもありました。ショックのあまり、神経が少しおかしくなってしまったんです。食べ物も喉《のど》を通らず、商社の方も辞めてしまいました。姉の様子がおかしいので、心配になったわたしはそれまで住んでいたアパートを出て、姉のマンションに同居することにしたんです。それで、ようやく姉も気持ちが落ち着いて、心の平安を取り戻しかけていたのですが――最近になってまたおかしくなったのです。あなた宛の同窓会の通知が誤配されてきた日から」

一朗は言葉もなくセキヤケイコの顔を見詰めた。なぜ、一朗宛の封書が誤配されてきたことが、セキヤエイコの落ち着きかけた神経を乱したのか。その理由がさっぱり分からなかった。

「し、しかし、それが一体――」

その理由を今から話すからとでもいうように、セキヤケイコは軽く頷いてみせた。

「電話でも言ったように、あなた宛の封書をうっかり開いてしまったのは姉でした。もちろん、自分宛の封書だと思いこんでしたことです。封を切ってから、それが誤配されてきた他人の封書だと姉は気がついてうろたえたそうです。もし、まだ封を切っていなければ、誤配の旨を書き添えてポストにいれるか、近いので、あなたのマンションまで行って、郵便受けにでも入れてくればいいのですが、封を切ってしまったあとでは、それもできかねたのです。どうしようかと思っているうちに、二、三日がすぎてしまい――そのとき、姉の頭にある考えがひらめいたのです」

セキヤケイコはそこまで話して、喉を潤すように、レモンティに口をつけた。

「ある考えというと?」

一朗は思わず身を乗り出した。

「この逆の可能性はないかということです」

「この逆の可能性?」

一朗はぽかんとした。

「ええ。誤配の理由はなんとなく察しがつきました。第一青柳マンションの３０６号室と、第二青柳マンションの３０６号室では、たしかに間違いやすいですものね。だとしたら、ひょっとすると、誤配は以前にもあったのではないかと姉は思うようになったんです」

「以前にもあったって――」

一朗は厭《いや》な予感にうたれながら、そう聞き返した。

「ただし、そのときは、今回とは全く逆のケース、つまり、第二青柳マンションに配達されるべき手紙が、第一青柳マンションに誤配されてしまったのではないか」

「よ、ようするに、こういうことですか」

一朗は急に喉の渇きをおぼえ、僅《わず》かに残っていたコーヒーを吸うようにして飲み干した。

「あなたのお姉さん宛の手紙がぼくの所に間違って届けられたことがあるのではないかと？」

「そうです」

セキヤケイコは頷いた。

「考えられないことではありませんよね」

「し、しかし」

「しかも、姉がしたように、あなたも姉宛の手紙の封をうっかり切ってしまったとしたら」

「ちょ、ちょっと待って下さいよ」

「姉はそんなことを思いついたのです。姉宛の手紙をうっかり開封してしまったあなたが、返しに行くのが面倒臭くなって、そのまま自分のものにしてしまったか、あるいは捨ててしまったのではないかと姉は思いこみはじめたんです」

「そんな馬鹿な」

「馬鹿げた妄想かもしれませんが、姉はその考えにすがりつきたかったのだと思います。プライドの高い姉には、そうでもしなければ、なぜモモセさんが姉ではなく他の女性と結婚してしまったのか、納得がいかなかったのでしょう。でも、もしモモセさんからの手紙が誤ってあなたの所に届き、それをあなたが勝手に処分してしまったと考えるならば、モモセさんが姉を捨てて、別の女性のもとに走った理由が分かると姉は思ったのです」

「ど、どういうことですか、それは」

「姉は、モモセさんが姉にプロポーズする手紙を書いたと信じているのです。ところが、その手紙は姉のもとには届かなかった。郵便局の手違いであなたの所に届いてしまった。それをあなたが姉には返さずに処分してしまった。だから、姉はモモセさんからのプロポーズに返事を書くことができなかったのです。姉からの返事がいつまでたっても来ないので、モモセさんとしては、それが姉の返事だと思いこんでしまったのです。つまり、ノーの意味だと。それで、絶望したモモセさんは姉のことを忘れるために、手近にいた他の女性のもとに走った——そう考えれば、すべて納得できると姉は言うのです」

「………」

一朗はあっけに取られて何も言えなかった。しかし、セキヤケイコにこう説明されてみると、彼女の姉が電話で言っていた、「あたしの一生を台なしにした」とかいう言葉の意味も分からないではない。

それにしてもまあ、なんという妄想だろうか。たまたま誤配されてきた一通の手紙から、そこまで妄想をたくましくするとは。やはり、セキヤケイコの姉の神経はふつうではない。そんな女につきまとわれはじめていたのかと思うと、一朗はあらためてぞっとした。

「それじゃ、お姉さんは、ぼくが彼女宛の手紙を盗んだと思いこんでいるのですか」

「ええ……」

セキヤケイコは首を竦《すく》めるようにして答えた。

「そんな馬鹿なことがあるわけないじゃありませんか。このさいだから、きっぱり申し上げますが、そんな手紙が届いたことは一度もありません。それは、お姉さんの妄想です」

「やっぱり。あたしもそう言ったのですが……」

セキヤケイコは溜息《ためいき》を漏らした。

「それに、考えてみればおかしいじゃありませんか。そのモモセさんといいましたか、一生の大事を決めるのに、お姉さんからの返事が来なかったから、それでもう断られたと思いこむなんて。返事が来なければ、電話でもいい、確かめる方法はいくらでもあるじゃありませんか。それがなかったということは、モモセさんは最初からプロポーズなんかする気はなかったんじゃないでしょうか。すべてはお姉さんの早とちりというか、自惚《うぬぼ》れというか」

一朗は反論した。

「ええ、おっしゃる通りなんです。あたしも同じようなことを姉に言ってみたのですが、姉はこう言うのです。モモセさんも人一倍自尊心の強い人だったから、電話であらためて確認することなんてできなかったに違いないって。それとも、手紙の中に、『返事がないときは、それが返事だと思うから』というようなことが書いてあったのかもしれないと……」

セキヤケイコは言いにくそうに言った。

一朗は呆れはてて二の句が継げなかった。女というものは、これほどまでに自惚れの強い生き物なのだろうか。何もかも自分に都合の良いように解釈しないと気が済まないのか。それとも、このセキヤケイコの姉だけが特別なのか。たしかに、彼女くらいの美貌を姉も持っているとしたら、さぞ、周りの男からチヤホヤされて育っただろうから、自惚れの権化のようになってもしかたないかとも思ったが……。

「とにかく」

一朗はきっぱりと言い切った。

「お姉さんの考えていることはすべて妄想です。これだけはハッキリ言っておきます」

「分かりました。姉の方はあたしが説得します。本当に申し訳ありません。なんの関係もない河島さんに、こんなご迷惑をおかけしてしまって。なんとお詫びしてよいのやら」

セキヤケイコは身もだえした。

「しかし、あなたも大変ですね。一度、専門のお医者さんにでも診《み》せた方がいいんじゃありませんか。お姉さんの神経は、どう考えても、ふつうじゃありませんよ」

一朗は同情するように言った。腹立ちや驚きを通りこして、心の病に罹《かか》っているらしい姉を持ったセキヤケイコが気の毒になった。

「はい。あたしもそう思っていたところなんです。郷里の両親とも相談しまして、姉をしばらく郷里に帰そうかと思っているんです。都会暮らしが神経を蝕《むしば》んでしまったのかもしれませんし」

「そうですね。ご両親のもとでゆっくり静養なされば、きっとすぐに良くなりますよ。そうなさった方がいいと思います」

一朗は言った。

「それで――これはお詫びのしるしというわけではないのですが」

セキヤケイコはそう言いながら、バッグの中を再び探って、チケットのようなものを二枚取り出した。

「よかったら、お使いになって下さい。クラシックコンサートのチケットなんですけど」

「いや、いいですよ。そんなことしなくても」

一朗は慌てて手を振った。クラシックコンサートなんて、生まれてこのかた一度も行ったことがない。

「遠慮なさらないで下さい。どうせ友人から貰ったものなんですから。彼氏と一緒にどうぞなんて言われたんですけど、あたしにはそんな人はいないし、独りで行くのもなんですから。それとも、河島さんはクラシックなんて興味ありませんかしら」

はい、ありませんとも言えないので、一朗は、「いやあ、興味がないわけではないのですが」と笑ってごまかした。

「ぼくも一緒に行ってくれるような人がいませんから。こういうのは独りで行っても……」

一朗は、セキヤケイコの顔をやや上目遣いで見ながら言った。

もしかしたら……。

ふとある期待が一朗の胸をかすめた。

「セキヤさんはクラシックがお好きなんですか」

「ええ、まあ。それで、友人もチケットをくれたんですけど」

「あのう」

今度は一朗の方がおずおずと切り出した。

「よろしかったら、そのコンサート、一緒に行きませんか」

セキヤケイコは「え」というように目を丸くした。

「あ、いや、ぼくなんかでよかったらの話ですが」

一朗は照れて頭を掻《か》いた。

「喜んで」

セキヤケイコはにっこりと笑って言った。

「ご一緒させていただきます」

*

「それで、彼女との付き合いがはじまったというわけか」

にやにやしながら、山辺が言った。

「まあな」

一朗は照れ笑いをして、これ以上薄く作れませんというくらい薄い水割りを飲み干した。

例の同窓会が新宿のホテルで行われた夜だった。二次会、三次会と流れてきて、最後は山辺と二人きりになり、山辺の行きつけの店だという西銀座の小さなバーの止まり木に腰を据えるまでに、関谷景子とのことは、出会ったいきさつから何から洗いざらい喋《しゃべ》らされてしまった。

あのコンサートのあと、一朗と関谷景子は急速に親密になって、何度かデートを重ねる仲になっていた。

「たしかに良い女だな。うまいことやったじゃないか」

山辺は一朗が見せた彼女のスナップ写真を見ながら、羨《うらや》ましそうに、一朗の肘《ひじ》を自分の肘でつついた。

「で、その彼女の姉とかいう女はどうしたんだ」

山辺が写真を返しながらたずねた。

「英子のことか。結局、親と相談して、郷里に帰したらしい。彼女の郷里は福岡なんだ。だから、あのマンションには今は景子が独りで住んでいるんだよ」

「ふーん。で、どうなんだ」

山辺はひやかすような目つきで一朗を見た。

「どうって？」

「この先のことだよ」

「まあ、それは成り行きまかせだね」

「結婚まで考えているのか」

「まあね。彼女だったら、そこまでいってもいいかなって思ってる」

「早まるなよ。ちょっと美人だからって、ポーとなってると後で後悔するぞ。結婚する気なら、料理の腕前とか、あっちの方の相性とか、試したあとでも遅くないからな」

　山辺はそのことで失敗でもしたのか、眉をしかめて、そうアドバイスをした。

「それなら、ご心配には及ばないよ。昨日、はじめて彼女に部屋の合鍵を渡したんだ。勤めが終わるのは彼女の方が早いから、部屋で食事の支度をして待っていたいって言うもんだからね」

　神田にある大手書店の店員をしているという景子は、広告代理店に勤める一朗よりも帰りが早いらしい。

「そうだな。しばらく半同棲みたいなことをして、相手を見極めた方がいいよ」

　山辺はそう言って、水割りを嘗《な》めていたが、ふいにぽつんと言った。

「でも妙だな」

「妙って？」

　一朗は機嫌の良い声で聞き返した。

「いや、たいしたことじゃないんだが」

　山辺はウイスキーグラスの縁を見詰めながら言った。

「おれが出した同窓会の通知が、きみの彼女のマンションの方に誤配されたときのことさ」

「なんだよ」

「それがどうした?」

「彼女の姉さんが、うっかり封を切ってしまったって言ってたな」

「ああ。ろくに宛名も見なかったんだろう」

「でも、それはちと妙じゃないか」

「なぜ」

一朗は山辺の顔を見た。

「だってさ。宛名を見ないなんてことあるかな」

「あるだろ。おれなんか、差し出し人の名前だけ見て、封を切ることはよくあるぜ」

「それは、きみが独り者だからだよ。配達されてくる郵便物は全部自分宛だと分かってるから、いちいち見る必要がないわけだ」

「まあ、そうだけど」

「でも、関谷英子はそうじゃなかったんだろう」

「え?」

「妹と同居してたわけだろ、その頃には」

「そうだな。景子の話では、モモセとかいう男のことがあってから、姉の様子がおかしいので、それまで住んでいたアパートを引き払って、姉のマンションに同居したってことだったからな」

「だったらさ、なぜ、関谷英子は郵便物の宛名も見ないですぐに開封しようとしたのだろうか。妹と同居してるんだから、郵便物が全部自分宛とは限らないじゃないか」

一朗ははっとした顔になった。

「そういえば、そうだな。ふつうだったら、自分宛か妹宛か、宛名を見るだろうな……」

「なんで、それをしないでいきなり開封してしまったんだろう」

「なにせ、ふつうの神経じゃなかったらしいから――」

「でも、その頃には神経の方もだいぶ落ち着いていたって話じゃないか」

「まあ、そうだけど」

一朗は口の中で呟いた。言われてみれば、たしかにそうだ。景子の話を聞いたときには気にもとめなかったことだが……。

「それか、独り暮しのときの習慣が抜けてなかったのかな。それで、つい妹と同居していることを忘れて、開封してしまった――」

一朗は苦し紛れにそう言ってみたが、山辺は納得できないような顔をしただけだった。

「なあ、河島」

しばらく黙っていたが、ふいに、山辺が言った。

「なんだ」

「きみ、その関谷英子って女に会ったことあるのか」

「彼女の姉に？」

「うん」

「会ってないよ。だって、へたに会ったりしたら、またどんな妄想を抱かれるか知れたもんじゃない。触らぬ神にたたりなしさ。それに、景子と付き合いはじめてすぐに、英子は郷里に帰ったらしいからね」

「変な電話もそれっきりかかってこなかったわけだな」

「もちろんさ。景子が姉を説得してくれたんだろう」

「…………」

山辺は黙ってしまった。一朗はなんとなくそわそわしだした。山辺の沈黙が気にかかる。

「なんだよ。急に黙りこんで」

笑おうとした顔が引き攣《つ》った。

「なあ、電話の女の声は関谷景子に似ていたって言ったな？」

「ああ。当然だろ。かけてきたのは彼女の姉だったんだから」

「大家が見た不審な女というのも、関谷景子に似ていた……」

「べつにおかしくないだろ。姉妹なら容姿や声が似ていてもちっとも不思議じゃない」

「その女はきみの部屋に侵入しようとして失敗したんだったな」

「おい、何を考えてるんだ」

一朗は不安になって、山辺の顔をのぞきこんだ。

「おれ、妙なこと思い付いたんだよ」

山辺は一朗の方を見ないで言った。

「何を？」

一朗の胸の奥がざわざわと騒ぎはじめていた。

山辺は少し黙ったあとで、一朗の目を見据えて言った。

「関谷英子なんて女、本当にいたのかな」

＊

「お、おい。何を言い出すんだよ」

一朗は笑い出した。

「関谷景子に姉なんていたのかな」

山辺は執拗《しつよう》に食い下がった。目を見ると真剣そのものだった。冗談を言っているような目ではない。

「おまえ、何、考えているんだ」

もう一度笑いとばそうとしたが失敗した。一朗は薄気味悪そうな目で山辺を見た。

「いや、待てよ。実在していないのは、英子の方じゃなくて、景子の方かもしれないぞ」

山辺は構わず独り言のように言った。

「景子が実在してない？　馬鹿なこと言うな。おれはげんに彼女と会って、今も付き合ってるんだ。写真まで撮ってるじゃないか」

「それは景子じゃなくて、英子の方だとしたら？」

山辺が言った。

「えっ」

一朗は穴のあくほど親友の顔を見詰めた。

一朗と山辺はしばらく仇敵同士のように睨《にら》み合っていた。

「きみ、さっき、関谷景子に部屋の合鍵を渡したって言っただろ？」

先に口をきいたのは山辺の方だった。

「あ、ああ」

「それは彼女の方から言い出したのか」

「そうだよ……」

一朗の喉はカラカラに渇いていた。

「それが目的だったとは思えないか」

「な、何を言いたいんだ」

「関谷英子はきみの部屋に侵入するのに失敗した。むろん、きみの部屋に侵入しようとしたのは、そのモモセとかいう男の手紙を取り戻すためだ。きみが着服してしまったと彼女が信じこんでいる手紙をね」

「………」

「しかし、大家の機転でそれは失敗した。でも、英子はあきらめなかった。なんとかして、きみの部屋の鍵を手に入れようとした。それには、きみと親しくなって、恋人のような存在になってしまえばいい。きみから合鍵を貰えば、いつでも好きなときに、きみの留守中に部屋に入って、モモセからの手紙を探すことができる。そう考えたとしたらどうだ？」

「ば、馬鹿な――」

あとが続かなかった。一朗はひりついた喉を潤すように、グラスの水をガブリと飲んだ。

「でも、きみに接近するためには、英子のままではまずい。あの電話のことがあるから、警戒されてしまう。それで、景子という架空の妹を作りあげた。そして、その妹としてきみに接近した――」

「英子が、景子という、いもしない妹の振りをしていたというのか」

「振りというより、もしかしたら」

山辺はそう言って、ふと言葉を切った。が、すぐに続けた。

「二重人格かもしれない」

「二重人格⁉」

「そうだ。英子の中で人格の分裂が起こったんじゃないだろうか。人は、何か耐え難いほどの困難に出会ったとき、それを乗り越えるために、人格の分裂を起こすことがあるらしい。たとえば、ひどい幼児虐待を受けて育った子供が、その現実から逃げ出すために、幾つも違った人格を持つ多重人格者になったという話を聞いたことがある。英子の場合もそれかもしれない。英子の人格分裂はもしかしたら、モモセという男とのことがあった直後に起こったのかもしれないな」

「…………」

「モモセという男とのことは、自尊心の強い英子には耐え難い苦痛だったに違いない。それで、その苦痛を独りでは担いきれなくなった英子は、景子というもう一人の女を作り出した。英子がきみ宛の郵便物を宛名も見ないで開封してしまったのも、こう考えると、説明がつくじゃないか。英子は妹と同居していたわけではない。彼女がその妹でもあったんだ。そして、きみに接近するために、この景子なる第二の人格が前面に現れてきた――」

＊

どこをどう歩いて帰ってきたのかおぼえていなかった。気が付くと、一朗は自分のマンションの前に立っていた。山辺と銀座のバーで別れたあと——というか、胸騒ぎにどうしようもなくなって、逃げるようにバーを出てきたのだが——途中でタクシーを拾ったところまでは覚えているのだが……。

一朗はマンションを見上げて、はっとした。三階の自分の部屋の窓に明かりが灯《とも》っている。景子が来ているのだ。一朗が渡した合鍵で中に入って、一朗を待っているのだ。

もし山辺の言ったことが本当だとしたら？　景子は英子で、英子は景子で——何がなんだか分からなくなってしまった。

一朗は酔いと疑惑を振り切るように、烈《はげ》しく頭を振った。

そんなことがあるはずがない。景子が英子だなんて。山辺の言ったことはあれはたんなる座興にすぎない。あいつはおれに嫉妬《しっと》したのかもしれない。景子の写真を見て。そうだ。きっとそうに決まってる。だから、あんなとんでもないことを言い出して、おれの幸せに水をさそうとしたのだ。

一朗はそう思いこもうとした。しかし、その割には、足が前に進まなかった。景子が待っている部屋に帰るのが怖い……。

それでも、いつまでも外に立ち尽くしているわけにはいかなかった。エントランスを入ると、エレベーターに乗った。三階でおりると、306号室の自分の部屋の前に立った。ドアの取ってをつかんで引っ張ると、ドアはなんなく開いた。見ると、玄関の三和土《たたき》に、女性もののパンプスが脱いであった。一朗は、「ただいま」とおそるおそる声をかけて靴を脱いだ。

景子が奥から出てきた。

「おかえりなさい。遅かったのね」

まるで妻のようなこと言う。にこにこしており、態度に異様なところは見られなかった。

「同窓会があってさ、二次会、三次会と付き合わされたもんだから」

ダイニングルームに入ると、シチューか何かを煮たような良い匂いがした。

「なんだ、そうだったの。シチュー作って待ってたのに」

景子は残念そうに言った。

「いや、食べるよ。飲んでばかりいたんで、腹、減ってるんだ」

一朗はそう言いながら、ネクタイを緩めた。ほっとしていた。やはり山辺の言ったことは根も葉もない、やつの妄想だ。

ダイニングルームのテーブルには可憐な花が飾られ、部屋中にあたたかい家庭的な匂いが漂っていた。景子はかわいらしいピンクのエプロンをしている。

「そう？　それじゃ、今あたためるから」

景子は嬉《うれ》しそうにキッチンに立った。

「その前に着替えてくるよ」

一朗はそう言うと、ドアが閉まったままになっている奥の洋室の方に行った。

「ねえ、河島さん」

キッチンで鍋をあたためなおしながら、景子が言った。

「なんだい」

一朗は洋室のドアの取ってに手をかけたまま、振り向いた。

「あれ、どこにあるの？」

景子は背中を向けたまま、なにげない声で言った。

「あれって？」

一朗もなにげなく答え、洋室のドアを開けた。

ドアを開けて、中を見た一朗の口があごでもはずれたようにアングリと開いた。

六畳ほどの洋室は足の踏み場もないほど荒らされていた。本棚の本は全部床に払い落とされたようになっていた。机の引き出しも、簞笥《たんす》の引き出しもすべて引き抜かれて、中身があたりに散乱していた。

まるで、泥棒が入って家捜しでもしたような有り様だった。

「あなたがあれを持っていることは分かっているのよ」

背後で声がした。景子の声だった。

一朗は口を開けたまま、機械仕掛けの人形のように、ゆっくりと振り向いた。

景子が微笑を浮かべて立っていた。そして、両手に握った包丁の切っ先を一朗の方に向けながら、一言だけ、言った。

「返して下さい」

いつまで

「良いお式でしたねえ……」

湯呑みをテーブルの上にコトンと置くと、志津子《しづこ》はしみじみとした声で言った。

「ああ」

忠雄《ただお》は苦笑しながら頷《うなず》いた。

「船の上で式を挙げたいなんて言われたときには、正直いって面食らったが」

「わたしはそれよりも、一生結婚なんかしないって言っていた美里《みさと》が、突然、好きな人ができた、結婚したいって言い出したときの方が――」

「うん。あれには驚いた」

夫婦は顔を見合わせて笑った。

笑ったあと、ふっと沈黙が二人を包んだ。志津子は微笑を含んだ顔で俯《うつむ》き、ダイニングテーブルの上に指で何やら絵のようなものを描いている。忠雄は目を細めて茶を啜《すす》る。柱時計の時を刻む音だけがやけに耳についた。

「あいつがいないと静かだな」

忠雄は目をあげて、昨日と何も変わっていないのに、妙にガランとしてしまった家の中を見回した。

「一人で三人分くらい騒ぐ娘だったから」

志津子が笑いながら言う。

「三人いっぺんにいなくなったようなものか……」

忠雄はそうつぶやきながら、一人娘を嫁がせたさびしさと、これで重荷をおろしたという安堵感《あんどかん》が、砂地に水が染み込むように、自分の身体《からだ》にじわじわと広がっていくのを感じていた。

「二十六年か。過ぎてみると、早かったような気がするなあ」

「ほんとですね……」

志津子も頷いた。

二人の間にまた沈黙の帳《とばり》がおりた。ややあって、

「ねえ、あなた」

と、沈黙を破ったのは志津子の方だった。黙って妻の方を見遣《みや》ると、妻は顔を伏せたまま、無心に指で絵を描いている。

「わたし、良い母親でしたでしょうか」

忠雄の方を見ないで、志津子はつぶやくようにそう言った。

「そんなこと、おれに訊《き》かなくても――」

忠雄は何を今更という顔をした。

「式のときに美里が言ってたじゃないか。あれは世辞でも何でもないよ」

忠雄はそう言いながら、ふと娘の顔を思い出した。「母がいなかったら、今のわたしはありませんでした」。そう言い放ったときの美里の顔。涙でくしゃくしゃになった顔。気が強くて、人前ではめったに泣かない娘が、化粧が剝《は》げ落ちるのも構わず、子供のように、声をあげんばかりにして泣いていた。あの顔がすべてを物語っている。二十六年間の、志津子の母親としてのすべてを。

「良い母親でしたよね、わたし」

志津子は自分に言い聞かせるようにつぶやいた。

「良い母親だったよ、おまえは」

忠雄は言った。

「満江《みつえ》だって」

思わず病死した前妻の名をくちばしっていた。志津子の前ではつとめて口にしないようにしてきた名前だった。しかし、もういいだろうという思いが忠雄の中にあった。もはや、自分の妻と呼べる女はこの志津子しかいないのだし、美里の母と呼べる女も志津子以外にはいなかったのだから。

「あの世でおまえに感謝しているだろう」

「よかった」

志津子は小さくつぶやいた。

「わたし、良い母親だったのね。だったら、もう思い残すことはないわ……」

忠雄はちらと妻を見た。思い残すことはない？

妙なことを言うと思ったが、聞き返しはしなかった。生《な》さぬ仲の子をつつがなく育てあげ、嫁に出したという安堵感が、志津子にこんな言葉を吐かせたのだろうと咄嗟《とっさ》に思い直したからである。

そのとき、柱時計が二時を打った。その音に促されたように、忠雄はダイニングテーブルの椅子《いす》から腰を浮かしかけた。

「さて、もう寝るか」

しかし、志津子はじっとテーブルを見詰めたまま、動かない。

「まだ起きてるつもりか。おれは寝るよ」

生あくびを噛《か》み殺しながら言うと、志津子はようやく顔をあげた。どこか様子が変だった。さきほどまで穏やかだった表情が強張《こわば》り、目が据わっている。

「あなた」

据わったままの目で志津子は言った。

「お話があるんです」

話？　忠雄は笑うような顔をした。話なら、今までしていたではないか。まだ、話し足りないことがあるのか。

「明日にしよう。どうせ日曜だし」

そう言いかけると、志津子はかぶりを振った。

「いいえ。明日ではだめです。今、ここで。わたし、決めていたんです。前からずっと決めていたんです。美里を嫁がせた夜、あのことを話そうって」

志津子はうわごとのように言った。

忠雄は厭《いや》な胸騒ぎをおぼえながら、突っ立ったまま、妻の顔を見た。二十六年間見馴《みな》れた妻の顔が、そのとき、なぜか、はじめて見る女の顔に見えた。

「なんだ、話って？」

立ったままそう言った忠雄の声はやや掠《かす》れていた。何か名状しがたい不安で喉《のど》がからからになっていた。志津子の目の色や、棒を呑《の》んだような緊張した様子から、ただごとではないものを察していた。

しかし、妻は何も言わず、つと立ち上がった。居間の隅にあるサイドボードの前まで行き、そこの一番上の引き出しをあけると、畳んだ紙切れのようなものを持って戻ってきた。

それを広げてテーブルの上に置いた。

忠雄はそれを見て目を剝《む》いた。

それは、志津子の名前が既に記入された離婚届だった。

＊

忠雄は糸の切れたマリオネットのようにストンと椅子に腰をおろした。身体中の力がふいに抜けてしまった。目の前にあるものが信じられなかった。離婚届。なぜ、こんなものがここにあるんだ。

まさか、と思った。まさか、あれか。夫の定年を待ち兼ねたように、妻の方から離婚を申し出るケースが最近とみに増えているという話を思い出した。

ショックで痺《しび》れたようになっている忠雄の脳裏に、一人の初老の男の顔がさっとよぎった。定年退職をした夜、妻から、「お疲れさま」の一言の代わりに離婚届を突き付けられたという元上司の顔が。

その元上司の妻は、「私にも自由をください」と言って、夫に離婚を迫ったという話だった。その話を聞いたとき、同じ男として同情を禁じ得なかったが、一方で、自業自得だという気もしていた。

というのは、その元上司が、何十年という間、家庭を一切顧みず、「仕事」にかこつけて、好き勝手なことをしていたことを、忠雄はよく知っていたからだ。密《ひそ》かに付き合っていた愛人の数も一人や二人ではなかったはずだ。あれでは、土壇場で、妻に「捨てられて」も仕方あるまい。身から出た錆《さび》というものだ。

しかし、おれは違う。忠雄の困惑はだんだん怒りに変わってきた。あの元上司のようなことはしてこなかった。休日には妻子を連れて温泉旅行や遊園地にもよく行った。けっして家庭をおざなりにはしてこなかった。それだけじゃない。浮気ひとつしなかった。志津子を泣かせることは何ひとつしてこなかったはずだ。

それに、定年まではまだ二年ほどある。それとも、生さぬ仲の娘を無事に育てあげ、嫁がせたことが、志津子にとっては、「定年」にも等しいことだったのか。

「なぜだ」

忠雄はようやく声を絞り出すように言った。俯いている妻を睨《にら》みつけた。

「おれが何をした。何が気にいらなかったんだ」

「違います」

志津子はきっと顔をあげた。

「あなたが悪いんじゃない。悪いのはわたしです。これは、わたしの我がままなんです」

「おまえ、まさか――」

忠雄は目のくらむような思いで志津子を見詰めた。自分に非がないとすれば、志津子の方に非があるということになる。

「他に――」

男でもできたのか。そう言いかけると、夫の目の表情で、言わんとすることを察したのか、志津子は慌ててかぶりを振った。

「あなたが考えているようなことじゃありません。わたしは、わたしは」

志津子はそう言って、苦しそうな目付きで、部屋の片隅をじっと見詰めた。

「あの子と暮らしたいだけなんです」

「あの子？」

忠雄はポカンとした。

「あの子って誰だ」

「わたしの子供です」

志津子はなおも、視線を釘《くぎ》づけにされたように、部屋の片隅をじっと見詰めていた。

「子供って――」

忠雄はいよいよ面食らった。

「あなたには隠していましたけれど、わたし、あなたと知り合う前に、子供を産んだことがあるんです」

忠雄は驚きながらも、ようやく、志津子の言わんとすることが飲み込めてきた。

忠雄が志津子と知り合ったのは、前妻の満江を病気で亡くして半年ほどした頃だった。

たびたび足を運んでいた小さな居酒屋で、志津子は新入りとして働いていた。よく笑う明るい娘だったが、何かの折にふと見ると、あらぬ方向に視線をじっと据えて、暗い顔をしていることがあった。

今から思えば、あのとき、志津子は既に子供を産み、その子と別れて暮らしていたのだろう。むろん、正式な結婚をして生まれた子供ではなかったはずだ。それは、志津子の戸籍が「きれい」だったことからも分かる。たぶん、その父親のいない子供はどこかに引き取られ、志津子は人生をやり直すつもりで、十も年上で、しかも、手のかかる乳飲み子を抱えていた自分と結婚する気になったのかもしれない。

そして、今、生さぬ仲の子供を育てあげた今、この血を分けた子供と暮らしたいと思うようになったのだろうか。

それならば、と忠雄は、幾分、冷静さを取り戻した頭で考えていた。話し合う余地がないわけではない。たぶん、志津子は、その子と暮らすためには、忠雄と別れなければならないと頭から思い込んでいるに違いない。

でも、と忠雄は思った。何も、別れる必要はないではないか。そんなにその子供――といっても、もう既に成人しているだろうが――と暮らしたいのならば、その子をこの家に呼んで三人で暮らすという方法だってある。

そうだ。それがいい。美里がいなくなったこの家は夫婦だけで住むには広すぎる。近く

に大学があることから、二階に学生でも下宿させようかと思っていた矢先でもある。それならばいっそ、と忠雄は思い、

「それで、その子は今どこにいるんだ」

と、平静さを取り戻した声でたずねた。

「あの子なら」

志津子はそう言って、すっと部屋の片隅を指さした。さきほどから、志津子がじっと見詰めていた空間である。

「あそこにいます」

*

忠雄は目をしばたたかせた。

「あそこって――」

妻の指さす方向を見ても、そこには何もない。何かの冗談か、それとも、気でもおかしくなったのかと、忠雄は、おそるおそる、妻の顔を盗み見た。

「あなたにあの子が見えないのは分かっています。だから、この二十六年間、わたしもあの子が存在しないもののように振る舞ってきました。でも、あの子はあそこにいるんです。

わたしにだけは見えるんです。この二十六年間、あの子はいつもこの家にいたんです。わたしの目の届くところにいつも」

志津子は微笑さえ浮かべてそんなことを言い出した。

「志津子……」

平静さを取り戻しかけた忠雄はまたもや混乱の坩堝《るつぼ》にたたきこまれた。

「おまえ、何を言ってるんだ」

「わたしは疲れました。あの子が存在していないような振りをすることに。あなたや美里にあの子のことを気付かせないように気を配ることに。それに、わたしは、美里を立派に育てあげたら、もしかしたら、あの子は消えてくれるのではないかと思っていたんです。でも、あの子は消えてくれませんでした。今もわたしの目の前にいるんです。どうやっても成仏してくれないのです。それならば、とわたしは決心しました。一生、消えてくれないのならば、これからはあの子の母親として生きようって……」

成仏？

忠雄は思わず口を開いた。

「じょ、成仏って、まさか」

「ええ。あの子は一度死んだんです。まだほんの乳飲み子のときに……」

忠雄はただ口を開けているだけだった。

志津子の言っていることがうまく脳髄に染み込んでくれなかった。成仏。死んだ。ということは、志津子の言う「あの子」とは、幽霊のことなのか。ようやく、これだけは理解できた。

「ねえ、あなた。タロウのこと、おぼえてます？」

志津子がふいに言った。

「タロウ？」

「横田さんの所の」

「ああ」

忠雄は面食らいながらも、頷いた。横田というのは、近隣に住む老夫婦で、タロウは、横田家の飼い犬だった。このタロウを、半月ほど海外旅行に出るという横田夫妻に頼まれて、うちで預かったことがあった。五、六年も昔の話である。

「あのとき、タロウが朝から晩までやたらと鳴いて、わたしたちを悩ませたこと――」

そうだ。あのときは本当に参った、と忠雄は思い出していた。無駄吠えしない、おとなしい犬だと聞いていたから、半月くらいならと、気安く預かったのに、預かったその日から、タロウは、まるで目に見えない敵にでも吠えかかるように、けたたましく鳴いて、忠雄たちを悩ませ続けたのだ。

無駄吠えしないはずの犬がなぜこんなに鳴くのか分からなかったが、旅行から帰ってきた横田夫妻に返した途端、もとのおとなしいタロウに戻ったという話だったから、おそらく、飼い主恋しさのあまりに鳴いたのだろうくらいにしか思ってはいなかったのだが……。

「あれはあの子のせいだったんですよ。タロウには分かっていたんです。あの子の存在が。だから、あんなに吠えたんです……」

志津子はそう言った。

忠雄はただ唖然《あぜん》として、妻の話を聞いていた。

「それに、いつだったか、あなた、言ってましたわね」

志津子はなおも続けた。

「なにを？」

忠雄はきょとんとした。

「時々、変な所にお米が落ちているって」

「ああ……」

そう言われてみると、そんな記憶があった。茶の間の畳の上とか、二階の洋間の床の上とか、とんでもない所に、米粒が落ちているのを見て、どうしてこんな所にと、不思議に思い、志津子に訊いたことがあった。志津子はそのたびに、さあと首をかしげるばかりだった。

「あれはね」

志津子は笑いながら言った。

「あの子の餌だったんですよ」

＊

「えさ？」

忠雄は意味が分からず、ぎょっとしたように、妻を見返した。

「あの子の啄《ついば》み残した餌。あなたや美里に気付かれないように片付けたつもりだったのに、少し残っていたのね……」

「ど、どういうことなんだ。餌だとか、啄むとか、まるで――」

忠雄はつい声を荒げた。志津子は自分をからかっているのだろうか。

「わたしの育った村には、古くから奇妙な言い伝えがあるんです」

志津子は、夫にというより、ひとりごとでも言うような口調で、話しはじめた。熱に浮かされたような、ぼうっと夢見るような顔だった。

「餓死しかけた人を見殺しにすると、死人は化鳥《けちょう》に生まれ変わって、自分を見殺しにした人につきまとうようになると。イツマデ、イツマデって鳴きながら。イツマデ、オレの死体を放っておくのか、って鳴きながら……」

「……」

忠雄は、宙に目を据えて歌うような声で話す妻の顔を、鳥肌のたつ思いで見ていた。

「わたし、こんな話を祖母から子供の頃に聞きました。祖母も、そのまた祖母から聞いたそうです。なんでこんな言い伝えが生まれたのか分かりませんけれど、きっと、昔、飢饉《ききん》で多くの餓死者が出たことがあったんでしょうね。裏山には、餓死者を弔《とむら》うためにある寺の和尚が一人で何年もかかって彫り上げたという、夥《おびただ》しい数の石の地蔵がありました。川や野原に餓死した人の群れが折り重なって、中にはまだ息のある人もいたのかもしれません。でも、生きている人たちは自分たちが生きるのに精いっぱいで、救いを求める人たちを見殺しにせざるをえなかったのでしょう。きっと、そんな悲惨な記憶の中から自然に生まれてきた言い伝えだったのかもしれませんね。でも――」

志津子の目がふと幼いときの恐怖を思い出したように、いっぱいに見開かれた。

「これはただの言い伝えではありませんでした。祖母から聞いた話では、祖母がまだ子供だった頃、近所に住んでいた野沢という養蚕を営む農家のお嫁さんが、この化鳥にとりつかれて、土蔵で首をくくって死んだことがあったそうです……」

野沢の嫁の様子がおかしくなったのは、舅《しゅうと》にあたる人が山へ山菜を取りに行ったきり、忽然《こつぜん》と姿を消してから、二十日ほどが過ぎた頃だった。嫁は、目に見えない何かにひどく脅《おび》えるようになった。この嫁が棒を振り回して、見えない何かを必死に追い払っているような姿を村人たちが目撃していた。そのとき、嫁は、『お舅《とう》さんが、お舅さんが』と口ばしっていたという。

そして、山で行方不明になったはずの舅の死体が発見されたのは、嫁が首を吊《つ》ってから一週間くらいがたった頃だった。死体が発見されたのは山ではなく、野沢家の裏庭のはずれにある桑屋という石造りの小さな地下室だった。舅はそこでほとんど餓死のような状態で死んでいた。石造りの壁には、自分の指を食い破った血で書いた血文字が残っていて、それは嫁の名前だった。

「桑屋の入り口は外から閂《かんぬき》が差されていたそうです。おそらく、舅をそんなところに閉じ込めたのは、嫁さんの仕業だったのでしょう。どうしてそんなことをしたのか分かりませんが、その舅という人は酒ぐせが悪くて、酔うと誰かれなしに暴力をふるうことがあったそうです。そんなことが原因だったのかもしれません。嫁さんは、桑屋に舅を閉じ込めたまま、家族や近隣の者には、舅は山に山菜取りに出掛けたと嘘《うそ》をついていたのです。

野沢家には、他には、旦那さんと寝たきりの姑《しゅうとめ》がいたそうですが、旦那さんは耳が少し不自由だったそうです。それで、おそらく、桑屋に閉じ込められた舅の声は誰の耳にも届かなかったのでしょう。近所といっても、だいぶ離れていましたし。餓死に近い死に方をした舅は、死んで化鳥に生まれ変わり、自分を見殺しにした嫁さんを責め殺したのだという、誰が言うともなく広まった噂《うわさ》は、しばらく消えることがなかったそうです……」

忠雄は志津子の話を魂が抜けるような思いで聞きながら、奇妙な戦慄《せんりつ》にとらわれていた。

志津子はなんでこんな話をはじめたのだ……。

忠雄はただぼんやりとそんなことを思った。餓死しかけた人を見殺しにすると、死んだ人は化鳥に生まれ変わって、自分を見殺しにした人につきまとう？

そんな迷信と、志津子が「あの子」と呼ぶ子供と何の関係があるというのだ……。

まさか……。

その奇怪な疑惑は忠雄の胃のあたりに重くわだかまり、そこから酸っぱい胃液のようなものが喉もとまでせりあがってきた。

「志津子」

忠雄はたまりかねて妻の名を呼んだ。志津子ははっとしたように、宙に据えていた目を夫の方に移した。

「おまえ、赤ん坊を産んだと言ったな」

志津子は黙ってこくんと頷いた。

「その子は乳飲み子のときに死んだと？」

志津子は夫の顔から目を離さずに、もう一つ頷いた。

「なんで――」

忠雄はそこで言葉につまり、妻の顔を穴があくほど見詰めた。

「なんで、その子は死んだんだ？」

喉のあたりにわだかまっていた疑問を一息に吐き出した。

「病気か？」

ささやくような声で訊くと、志津子は黙ってかぶりを振った。

「事故か？」

志津子はまたかぶりを振る。

病気でも事故でもないとすれば……。

「わたしが――」

志津子は穏やかな声で言った。

「餓死させたんです」

*

「だから、あの子はあんな姿に生まれ変わったんです」

志津子は溜息《ためいき》をついて、部屋の片隅に視線をなげかけた。

「餓死って――」

忠雄は信じられない思いで、ようやく声を絞り出した。この妻が自分の産んだ赤ん坊を餓死させた？　志津子の話を聞きながら、まさかと思い、実際、妻の口からそのことを聞かされても、忠雄にはまだ信じられなかった。

この妻が？　自分が産んだわけでもない赤ん坊をあれだけ愛情を込めて育てあげたこの女が？

「あの子を産んだとき、わたしはまだ十八でした。高校を中退して東京に出てきて、ようやく二年めという頃でした。その頃、勤めていた缶詰工場で知り合った男と、安アパートを借りて住むようになっていました。そのうち、わたしは身ごもりました。今から思えば、当然の結果でしたのに、わたしはひどくびっくりして、困惑しました。相手の男も同様でした。その男もまだ十代で、わたしたちは身体は大人でも、精神的にはまだ子供だったんです。母親になる心の準備もないままに、わたしはいきなり母親になってしまったのです……」

志津子は苦い笑いを口元に浮かべた。

産むかおろすかの決心もつかぬままにズルズルと日数ばかりが過ぎていき、やがて、もはや中絶もできないほど、腹の子は育ってしまっていた。しかも、同棲していた男は、志津子が留守のときに、自分の荷物だけを持って逃げ出した。志津子は、安アパートの一室で、ある日、こっそりと男の子を産み落とした。無我夢中で臍《へそ》の緒を切り、お湯を沸かして血まみれの嬰児《えいじ》を洗ったのだという。

「子供は生きていました。死んで生まれてくるか、生まれてもすぐに死んでしまうだろうと思っていたのに、その子は、猫の子のように弱々しく泣きながら生き続けました。

わたしは子供を産み落としたものの、この先のことを考えるとどうしてよいか分からなくなってしまいました。契約のときの条件で、そのアパートは、赤ん坊ができたら出て行くことになっていたのを思い出したんです。もし、子供を産んだことを大家に知られたら、追い出されると思いました。ここを追い出されたら、どこに行けばいいのか。乏しい蓄えから、新しいアパートを借りる費用を差し引いてしまえば、その日から生活に困るのは目に見えています。

それに、父親のいない赤ん坊を抱えて、この先どうやって生きていったらいいのか。先のことを考えると目の前が真っ暗になりました。

この子は生きていない方がいいのだ。そう思って、赤ん坊の首に手をかけたこともあります。でも、どうしても力を入れることができませんでした。わたしは頭が混乱してしまって、もう何も考えることができなくなっていました。目の前にある何もかもが厭になって、放り出したくなっていました。どこかへ逃げたいと思いました。とにかく、目の前の悲惨な現実から逃げ出したくなったのです。そして、とうとう、後先のことも考えずに、赤ん坊を残したまま、アパートを飛び出しました――」

そのときのことを思い出したように、志津子の顔が歪《ゆが》んだ。

「頭がどうかしていたんです。わたしの足は何かにせかされるように、駅に向かっていました。気がつくと、わたしは切符を握り締めて列車に揺られていました。着のみ着のままの恰好《かっこう》で、田舎《いなか》へ帰ってきてしまったのです。帰ってみると、田舎の両親は、わたしが想像していたよりも、わたしが帰ってきたことを喜んでくれました。親には、子供を産んで、その子を東京のアパートに放りっぱなしにしてきたことなど、おくびにも出しませんでした。というか、わたしは忘れていたのです。妙なことに、自分が赤ん坊を産んだということを奇麗サッパリ忘れていたのです。何年かぶりで、親の顔を見て、幼友達とも会ったわたしはすっかり子供にかえってしまいました。アパートに置き去りにしてきた赤ん坊のことなど思い出しもしませんでした。

いえ、たぶん、思い出したくなかったんです。だから、わたしは赤ん坊の記憶を自分の頭の中から締め出してしまったんです。そして、あれが現れるまで――」

志津子は憑《つ》かれたようにしゃべりながら、ふと、口をとざすと、また部屋の片隅に視線を泳がせた。

「ところが、ある夜、耳元で鳥の羽ばたきのような音を聞いたような気がして、わたしは目をさましました。窓から月明かりが部屋の中に射していて、部屋の中は真っ暗ではありませんでした。布団の足元に何か黒いものがうずくまっていました。じっと目を凝らしたわたしは、そこに信じられないものを見ました。口からよだれをたらした赤ん坊が、じっと真っ黒なつぶらな瞳でわたしの方を見詰めているのです。首から下が鶏のような身体をした、鳥とも人間ともつかぬ奇妙な生き物が。わたしは悲鳴をかみ殺して跳ね起きました。その瞬間、思い出したのです。自分が子供を産んで、しかもその子供を東京のアパートに置き去りにしてきたことを――」

志津子は一瞬目をつぶった。が、すぐに目を開けた。

「翌朝、わたしは一番の列車で東京に戻りました。来たとき同様、無我夢中でした。列車からおり、人波の中を泳ぐようにして、アパートにたどりついたわたしは、自分の部屋の前で立ち止まりました。ドアはしんと静まり返っていました。泣き声ひとつ聞こえません。わたしは震える手で鍵を取り出して施錠を解きました。でも、目の前のドアのノブをどうしてもつかむことができないのです。ようやく、ノブをつかんで回すと、ドアが開きました。かすかな腐臭を嗅いだような気がしました。中に入ってみると、朝日のあたる四畳半の布団の上で、あの子は仰向けになったまま冷たくなっていました。顔には蠅《はえ》がたかっていました。わたしはただ茫然《ぼうぜん》と、死んだ子を見下ろしているだけでした。不思議に悲しいとも可哀《かわい》そうだとも思わず、ただぼんやりと、この子をどうしようかとだけ思っていました。

少し臭いはじめていました。このままここに置いておくわけにはいきません。赤ん坊を産んだことはアパートの住人や大家には気付かれていないらしいと、咄嗟に思いました。

というのは、ちょうどお盆休みだったこともあって、住人のほとんどが留守のようでした し、大家の家も離れていました。部屋の中はわたしが出て行ったときのままで、誰かが入ったような気配はありませんでした。わたしが部屋を出たあと、子供はお腹をすかせて泣いたでしょう。でも、どんなに泣き続けても誰も来てくれず、そのうち子供は泣きつかれてしまったのかもしれません。何も口にしないまま、二日三日とたつうちに、その泣き声もだんだんかぼそくなっていったに違いありません。誰にも気付かれぬままに、子供はひっそりと餓死していたのです……」

忠雄は耳をふさぎたい衝動を抑えて、妻の話を聞いていた。

「いっときの放心からさめて、わたしは、とにかく子供の死体をなんとかしなければと思いたちました。それで、スコップを買ってくると、夜になるのを待って、子供の死体をゴミ袋に入れ、アパートから少し離れたところにある、空き地に行ったんです。丈高いペンペン草が生えていて、あまり人の寄り付かない所でした。わたしはそこに穴を掘って、ゴミ袋ごと子供の死体を埋めました。

いえ、子供を埋めたというより、なんとなく、壊れてしまった人形を始末するような、そんな感覚でした。わたしは、子供の頃、よく手足のもげてしまった人形や、飽きてしまったおもちゃを、こうやって、家の裏庭に穴を掘って埋めたことがあったのです。あのときもそんな感じでした。大きな人形を捨てるような……。

子供が目の前からいなくなってしまうと、ほっとしました。わたしが妊娠していたことを知っているのは、職場で親しくしている人たちだけでしたが、その人たちには、流産したと言っておきました。誰もわたしの話を疑いませんでした。こうして、わたしの生活は何もかも前と同じになりました。同棲していた男がいなくなったという以外は。そのうち、わたしは、子供を産んだということが悪い夢か何かだったのではないかと思うようにさえなりました。子供は誰にも知られず、名前さえもつけられずに、ひっそりと生まれ、ひっそりとこの世からいなくなったのですから。

でも、そうではありませんでした。あの子はこの世から消えたわけではなかったんです。また、あれ《い》が現れたのです。夜中にふと目をさますと、あれ《い》が、布団の足元にじっとうずくまっていたのです。よだれに濡《ぬ》れた桃色の口をうっすらと開き、つぶらな瞳で無心にわたしの方を見詰めながら、アー、アーと微《かす》かに鳴きました。あれ《い》は、朝になっても消えませんでした。消えるどころか、わたしの行く所なら、どこへでもついてくるのです。そのくせ、わたしの足元にまではけっして近寄ってきませんでした。少し離れた所にいて、いつもじっとわたしを見ているだけです。自分を見殺しにした母親を責めるわけでも、恨むわけでもなく、ただ無心の瞳で見詰めているだけなのです。

わたしは祖母から聞いた話を思い出して、恐怖に震えました。餓死させた子供が成仏できずにこんな浅ましい姿に生まれ変わったのだと思いました。空き地に埋めたままの子供の遺体を掘り返して、ちゃんと埋葬し直してやらなければ、あれはいつまでもわたしにつきまとうのだと思いました。

けれども、あの空き地にもう一度行って、あの子の死体を掘り返す勇気はありませんでした。なんとなく、気にはなって、時折あのあたりを通ってみることはあったのですが、そうこうしているうちに、あの空き地に家が建つという噂を聞きました。わたしは髪の毛が逆立つ思いがしました。工事がはじまれば、あそこの土が掘り返されて、あの子の遺体が見付かってしまう。そう思ったからです。しかし、どういうわけか、着々と工事が進んで、家の形ができあがる頃になっても、いっこうに赤ん坊の遺体らしきものが発見されたという噂は聞きませんでした。幸か不幸か、あの子の遺体は発見されないまま、あの子を埋めた空き地に家が建ってしまったのです。

ほっとすると同時に、わたしはぞっとしました。これで、あの子の遺体をこっそり掘り返す機会を永遠になくしてしまったことに気付いたからです。あの子の魂は成仏されないまま、あの姿のままで、この世にさまようはめになってしまったのです。

でも、その頃には、あれのことがそんなに怖いとは思わなくなっていました。馴れてしまったのです。それに、あれが見えるのは、わたしだけのようですし、あれは、さっきも言ったように、ずいぶんおとなしい生き物だったんです。わたしを恨むでもなく、襲うでもなく、ただ、つかず離れずといった風に、わたしのそばにいるだけなのです。人を恨むとか憎むとかいう感情を知る前に死んでしまったせいかもしれません。無垢な赤子の魂をもったまま、あれは、ただただわたしにつきまとうだけなのです。それだけしか知らないのです。お米を撒《ま》いてみると、それを雀《すずめ》か何ぞのように啄むということも知りました。

　こうやって、わたしはあの子と一緒に生きてきたのです。少し蓄えが増えた頃、わたしはようやくあのアパートを引っ越しました。馴れたとはいえ、やはり、できれば、あの子には消えてほしいと思っていましたから、あの子が死んだアパートを離れれば、もしかしたらと思ったのです。でも、あの子は消えませんでした。新しいアパートにもついてきました。あなたと知り合った居酒屋で働くようになっても、あの子はわたしから離れようとはしませんでした……」

　忠雄はもしやと思った。志津子が時折、暗い顔をしてあらぬ方向を見詰めていたのは、そこに、志津子にしか見えないあれがいたからではなかったか、とふと思い当たったのである。

　そういえば、結婚してからも、志津子は、時折、放心したように一点を見詰めていることがよくあった……。

「あなたと一緒になったとき、あなた、時々、訊きましたよね」

　志津子はふっと笑って言った。

「どうして、子持ちの男なんかと一緒になる気になったのかって」

確かに、忠雄はそれが疑問だったことがある。志津子は美人というほどではないが、色白でぽちゃっとしており、どことなく、色気というか、男の気をひくところがあり、その気になれば、もっと良い縁談はいくらでもあったはずだと思ったからだ。

「本当のことを言うと、あなたが子持ちだったから一緒になったのかもしれません。下心みたいなものがあったんですよ。あなたの赤ん坊を立派に育てることができたら、わたしの罪が消えて、あの子も消えてくれるんじゃないかって――」

「……」

「わたしにとって、美里は、あの子の代わりだったのかもしれません。だけど、これでよく分かりました。何をやっても、どんな償いをしても、あの子が消えることはないんだってことが。それが分かったから、決心がついたんです。これからは、あの子の母親として生きようって。それに、わたし、ちょっとさびしいんです」

「さびしい？」

忠雄は痺れたような頭で聞き返した。

「さっきも言ったように、あの子はわたしにつきまといながら、けっして、そばには寄ってこないんです。わたしが触ろうとすると逃げてしまうんです。わたしを怖がっているみたいなんです。わたしに殺されたことをおぼえているのかもしれません。だから、本能的にわたしを怖がっているんです。でも、もうわたしを怖がらなくてもいいということを教えてあげたいんです。あの子をこの手に抱いてみたいんです。一度も抱いてあげずに死なせてしまったから……」

志津子はそう言って、また視線を部屋の片隅に向けた。穏やかで優しいまなざしだった。忠雄は言うべき言葉を失っていた。信じられないような話だったが、志津子が荒唐無稽な作り話をしているとは思わなかった。おそらく、志津子の目には、ほんとうに嬰児の顔をした化鳥の姿が見えているのだろう。

ただ、それは、志津子の心の奥深くに潜んだ罪悪感が見せる幻なのだと忠雄は思った。幻覚なのだ。望まずに生まれてきてしまった子供を見殺しにしたという罪の意識と、子供の頃に祖母から聞かされた化鳥の話とが、志津子の心の奥深いところで結び付いて、そんな奇怪な幻を志津子に見せているのではないだろうか。

いや、と忠雄は思った。もしかすると、死んだ子供が志津子につきまとっているのではなくて、志津子の方が、無意識のうちに、死んだ子供を忘れ兼ねているのではないか。こんな奇怪な幻覚を見続けるという形で、死んだ子供につきまとっているのは、志津子の方なのではないか。

あわれなのは母の方だとふと思った。

「これで、わたしがどういう女だったか、よく分かったでしょう？　わたしはあなたが二十六年間、思っていたような女じゃないんです。自分が産んだ赤ん坊を餓死させた女なんです。こんな女とこれからも一緒に暮らしたいなんて思わないでしょう？」

自嘲するように志津子は言った。

「おまえの話は分かった——」

忠雄はしばらく黙っていたが、重たい口を開いた。

「それならば、これを」

志津子はほっとしたような顔で、テーブルの上の用紙を夫の方に手で押しやった。

「でも」

と、忠雄は口の中でつぶやいた。

「三十年以上も昔の話じゃないか……」

志津子の目が驚いたように見開かれた。

「今までどおりでいいじゃないか」

「今までどおりって——」

「ここで暮らせばいい。その、三人で……」

忠雄は自分で自分の言っていることに戸惑いながら言った。おぞましい話を聞いたと思っていた。できれば、こんな話は聞きたくなかった。しかし、だからといって、志津子を憎む気持ちにはならなかった。それに、一人娘がいなくなって、この上、妻にまで出て行かれたら、さびしくてやりきれない。これが忠雄の本音だったかもしれない。

「あなた、それでいいんですか」

志津子は目をいっぱいに見開いてたずねた。

「おれはいいよ。おれには見えないが、まあ、子供を一人預かったとでも思えば……」

「ほんとうにそれでいいんですか」

志津子はなおも念を押した。目が潤んでいた。忠雄は答える代わりに、テーブルの上の紙切れをつかむと、それを細かく引き裂いた。

*

妻から奇怪な告白をされた夜から半年がたっていた。二人の生活は何も変わらなかった。妻があれにしゃべりかける光景を目にすることにも忠雄はいつしか馴れてしまった。忠雄には見えなくても、志津子の視線をたどっていけば、あれがどこにいるのかも、だいたい分かるようになった。

あれは相変わらず志津子のあとを、つかず離れず、つきまとっているらしい。しかも、志津子の話では、「あの子、あなたにも少しなつきはじめたみたい」なのだそうだ。

忠雄があれの存在を知り、それを認めたときから、あれも忠雄に関心を示すようになったらしい。忠雄が煙草を買いに、ちょっと表に出たときなど、どういうつもりか、あれは忠雄のあとを追ってくることもあるという。

そう言われてみると、なんだか、目には見えないのに、あれが可愛いという気持ちさえも忠雄は抱くようになってきた。

むろん、あれが実在しないことは分かっている。妻の妄想が生み出した幻にすぎないということは。自分も妻の妄想に付き合っているにすぎないということも。

それでも、よく晴れた日の日曜日など、縁側でぼんやりと煙草をふかしていると、自分の方をじっと見詰めているものの気配をふと感じることがあった。錯覚にすぎないと打ち消しても、忠雄は、もしかしたら、と思わないではいられなかった。

編者解説

日下三蔵

この『人影花《ひとかげばな》』は、これまで今邑彩の個人短篇集に収録されたことのない作品をまとめた文庫オリジナル作品集である。作者の持ち味が遺憾なく発揮された佳品がそろっているので、ずっと今邑作品を追いかけてきたファンの方はもちろん、初めて今邑彩の本を読むという方にも、充分にお楽しみいただけるものと思う。

昨二〇一三年に長篇ミステリ『金雀枝荘《えにしだ》の殺人』が中公文庫に収められるに当たって、編集部の依頼を受けて巻末解説と著作リストの作成を担当した。その際、手持ちのデータを整理しながら、まだ本になっていない短篇をカウントしてみたところ、十七篇もあることが分かって驚いた。

もちろん筆者の目の届かない雑誌に発表された作品が存在する可能性もあるが、とりあえず本にするには充分な量である。編集部と相談のうえ、そこから九篇を厳選したのが本書というわけである。

『金雀枝荘の殺人』の解説で、筆者は今邑彩のことを「本格、サスペンス、ホラーとどのジャンルを手がけても、力強いストーリーテリングで読者を引き込み、ラストにサプライズを仕掛けてくる職人作家」だと書いたが、この評価が本書にもそのまま当てはまることはいうまでもない。

どの作品もサスペンスたっぷりに展開して、読み終わるまでホラーとして着地するか、ミステリとしてのどんでん返しがあるか分からないところに、今邑作品の面白さがあるといってもいいだろう。実は収録短篇の配列を決めるときに、ミステリパートとホラーパートに大きく分けようか、という案も浮かんだのだが、明確にジャンル分けしにくい作品もあるし、何より最初から結末が予測できては興ざめなので、あえてジャンルが分かりにくいように並べてみた。

収録作品の初出は、以下のとおりである。

私に似た人　「野性時代」94年10月号
神の目　「小説トリッパー」97年冬号
疵《きず》　「小説フェミナ」94年2月号（「北国殺人慕情」改題）
人影花　「ミステリマガジン」95年11月増刊号
ペシミスト　「小説現代増刊メフィスト」97年9月号

もういいかい……　「小説NON」98年7月号
鳥の巣　角川ホラー文庫『かなわぬ想い』（94年10月）
返して下さい　「小説王」95年3月号
いつまで　「小説トリッパー」96年秋号

「私に似た人」は角川書店の小説誌「野性時代」に発表され、日本推理作家協会編のアンソロジー『推理小説代表作選集推理小説年鑑〈1995〉』（95年6月／講談社）および、その文庫版『殺人博物館へようこそ　ミステリー傑作選34』（98年4月／講談社）に収録された。

「神の目」は朝日新聞社の小説誌「小説トリッパー」に発表され、同誌に掲載された本格ミステリをまとめたアンソロジー『名探偵の饗宴』（98年3月／朝日新聞社）に収録された。

「疵」は学習研究社の小説誌「小説フェミナ」に「北国殺人慕情」として発表され、山前譲編のアンソロジー『白のミステリー〈女性ミステリー作家傑作選〉』（97年12月／光文社）に収録された際に改題された。同書を改題・再編集した『殺意の宝石箱　女性ミステリー作家傑作選1』（99年9月／光文社文庫）にも、そのまま収められている。

「鳥の巣」は「惨劇で祝う五つの記念日」の副題が付された角川ホラー文庫の書下しアンソロジー『かなわぬ想い』（94年10月）のために書かれたもの。その他の作品は、小池真理子「命日」、篠田節子「誕生」、服部まゆみ「雛」、坂東眞砂子「正月女」である。

これ以外の五篇は、雑誌に発表された後、どこにも再録されていない。「ミステリマガジン」は早川書房、「小説現代増刊メフィスト」は講談社、「小説NON」は祥伝社、「小説王」は角川書店の小説誌である。

「人影花」の掲載時には、著者プロフィール欄に「好きな海外小説5作」が添えられているので、ここでもご紹介しておこう。サスペンス、ホラー、本格ミステリの定評ある古典に混じって、トリッキーなフランス・ミステリの佳品『殺人交差点』を挙げているのが著者らしい。

『シャイニング』スティーヴン・キング
『火刑法廷』ジョン・ディクスン・カー
『殺人交差点』フレッド・カサック
『幻の女』ウィリアム・アイリッシュ
『さむけ』ロス・マクドナルド

また、今邑彩の短篇をもっと読んでみたいという方のために、生前に刊行された六冊の作品集のデータを掲げておく。長篇を含めた全著作については、中公文庫版『金雀枝荘の殺人』所収の著作リストを参照していただきたい。

1　時鐘《とけい》館の殺人　93年12月20日　中央公論社C★NOVELS　↓　中公文庫
〈生ける屍の殺人／黒白の反転／隣の殺人／あの子はだあれ／恋人よ／時鐘館の殺人〉

2　盗まれて　95年3月7日　中央公論社　↓　中公文庫
〈ひとひらの殺意／盗まれて／情けは人の……／ゴースト・ライター／ポチが鳴く／白いカーネーション／茉莉花《まりか》／時効〉

3　鋏《はさみ》の記憶　96年2月29日　角川書店　↓　角川ホラー文庫　↓　中公文庫
〈三時十分の死／鋏の記憶／弁当箱は知っている／猫の恩返し〉

4　つきまとわれて　96年9月7日　中央公論社　↓　中公文庫
〈おまえが犯人だ／帰り花／つきまとわれて／六月の花嫁／吾子の肖像／お告げ／逢ふ

を待つ間に／生霊〕

5　よもつひらさか　99年5月30日　集英社　↓　集英社文庫

〔見知らぬあなた／ささやく鏡／茉莉花／時を重ねて／ハーフ・アンド・ハーフ／双頭の影／家に着くまで／夢の中へ……／穴二つ／遠い窓／生まれ変わり／よもつひらさか〕

6　鬼　08年2月26日　集英社　↓　集英社文庫

〔カラス、なぜ鳴く／たつまさんがころした／シクラメンの家／鬼／黒髪／悪夢／メイ先生の薔薇／セイレーン〕

5は集英社の小説誌「小説すばる」に発表された作品をまとめたもの。そのため「茉莉花」が2と重複している。6は文庫版では「蒸発」「湖畔の家」の二篇が増補された。

なお、本書に収録し切れなかった単行本未収録作品は以下のとおりである。

お見合い　「小説現代」88年7月号　※今井恵子名義

あるボランティア活動　「小説現代」89年7月号　※今井恵子名義

Yの悲劇　「小説現代」89年9月号　※今井恵子名義
音の密室　「小説宝石」96年7月号
チャットの夜　「小説宝石」98年12月号
パンドーラの匣　「小説新潮」00年1月号
写真の怪　「レンザブロー」09年
虫愛《め》ずる女　「レンザブロー」09年

本名の今井恵子名義で発表された三篇は、星新一が選者を務めたショートショート・コンテストの入選作。「お見合い」と「あるボランティア活動」は、同賞の入選作を集めたアンソロジー『ショートショートの広場3』（81年7月／講談社）および、その文庫版（91年6月／講談社文庫）にも収録されている。

「音の密室」は『推理小説代表作選集推理小説年鑑〈1997〉』（97年6月／講談社）および、その文庫版『殺人哀モード　ミステリー傑作選37』（00年4月／講談社文庫）に収録。二〇〇九年の二篇は、集英社のwebサイト「レンザブロー」に発表されたホラー短篇である。

ショートショートが多いので、残念ながらあと一冊作るだけの分量はないだろう。ただし、これはあくまで筆者が調べた限りのデータであるから、さらなる未収録作品が埋もれている可能性は大いにある。この解説にタイトルの挙がっていない今邑彩の短篇作品をご存知の方は、ぜひ編集部までご一報ください。

（くさか・さんぞう　ミステリ評論家）

本書は文庫オリジナルです。

中公文庫

人影花《ひとかげばな》

2014年９月25日　初版発行
2019年12月20日　再版発行

著　者　今《いま》　邑《むら》　彩《あや》

発行者　松田陽三

発行所　中央公論新社
〒100-8152　東京都千代田区大手町1-7-1
電話　販売 03-5299-1730　編集 03-5299-1890
URL http://www.chuko.co.jp/

ＤＴＰ　嵐下英治
印　刷　三晃印刷
製　本　小泉製本

Published by CHUOKORON-SHINSHA, INC.
Printed in Japan　ISBN978-4-12-206005-0 C1193

中公文庫既刊より

各書目の下段の数字はＩＳＢＮコードです。978－4－12が省略してあります。

い-74-5
つきまとわれて　今邑彩
別れたつもりでも、細い糸が繋がっている。ハイミスの姉が結婚をためらう理由は別れた男からの嫌がらせだった。表題作の他八篇の短篇集。〈解説〉千街晶之
204654-2

い-74-6
ルームメイト　今邑彩
失踪したルームメイトを追ううち、二重、三重生活を知る春海。彼女は、名前、化粧、嗜好までも変えて暮らしていた。呆然とする春海の前にルームメイトの死体が？
204679-5

い-74-7
そして誰もいなくなる　今邑彩
名門女子校演劇部によるクリスティー劇の上演中、連続殺人は幕を開けた。台本通りの順序と手段で殺される部員たち。真犯人はどこに？　戦慄の本格ミステリー。
205261-1

い-74-10
i《アイ》　鏡に消えた殺人者　警視庁捜査一課・貴島柊志　今邑彩
新人作家の殺害現場には、鏡に向かって消える足跡の血痕が。遺された原稿には、「鏡」にまつわる作家自身の恐怖が自伝的小説として書かれていた。傑作本格ミステリー。
205408-0

い-74-15
盗まれて　今邑彩
あるはずもない桜に興奮する、死の直前の兄の電話。十五年前のクラスメイトからの過去を弾劾する手紙——ミステリーはいつも手紙や電話で幕を開ける。
205575-9

い-74-17
時鐘館《とけいかん》の殺人　今邑彩
ミステリーマニアの集まる下宿屋・時鐘館。姿を消した老推理作家が、雪だるまの中から死体となって発見された。犯人は編集者か、それとも？　傑作短篇集。
205639-8

い-74-20
金雀枝荘《えにしだそう》の殺人　今邑彩
完全に封印され「密室」となった館で起こった一族六人殺しの犯人は、いったい誰か？　推理合戦が繰り広げられる館ものミステリの傑作、待望の復刊。
205847-7